# 救了想一躍而下的女高中生會發生什麼事？2

岸馬きらく
插畫／黒なまこ
角色原案、漫畫／らたん

Kadokawa Fantastic Novels

# 目錄

清水小鳥
結城的女朋友。曾經被逼到想要跳樓輕生的地步，如今和男友結城每天過著幸福快樂的日子。
「歡迎回來，結城。」

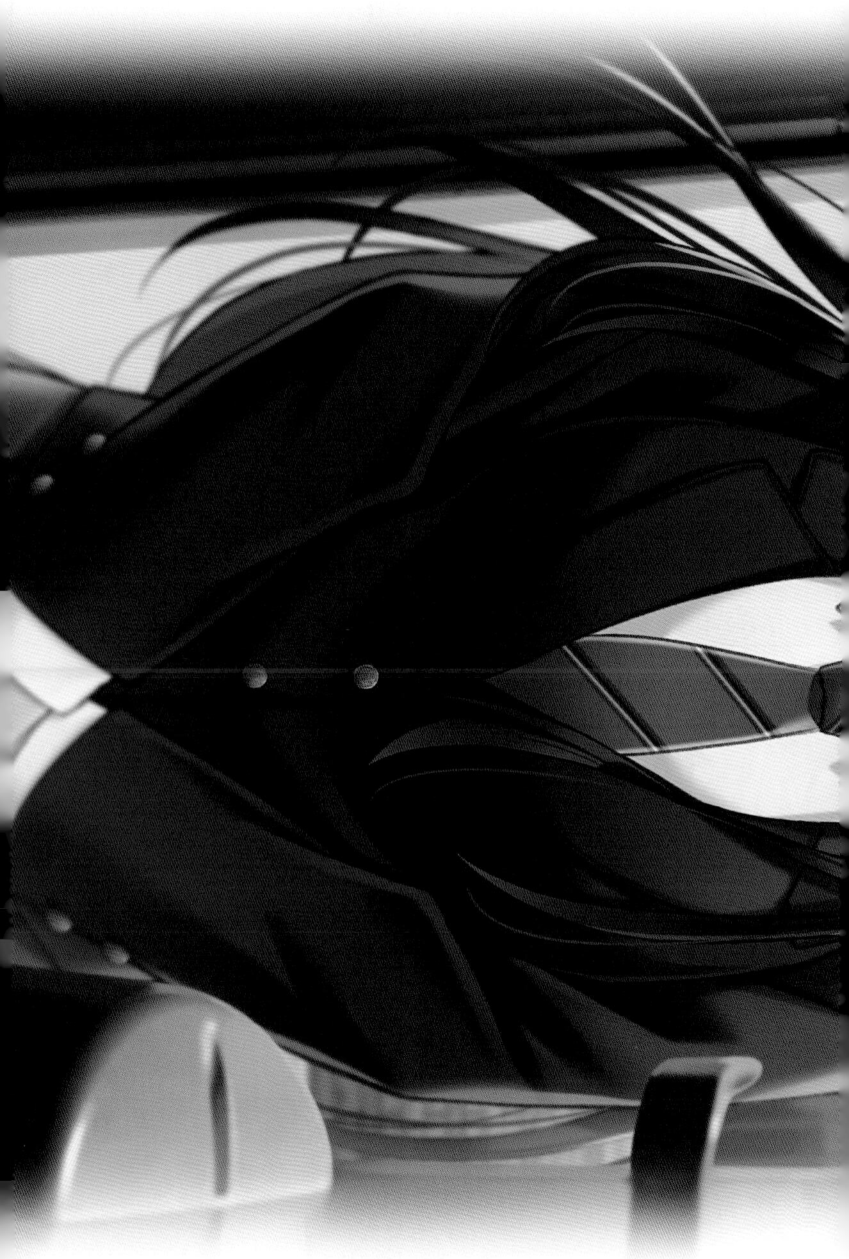

# 救了想一躍而下的女高中生會發生什麼事？2

岸馬きらく
插畫／黒なまこ
角色原案、漫畫／らたん

Kadokawa Fantastic Novels

# 序章　結城與小鳥的完美幸福生活

「……呼，今天工作好忙啊。」

高中二年級的結城祐介，在下班回家的路上嘆了口氣並這麼說。

時間早已超過晚上十點，四周一片昏暗。

結城今天的工作，是在親戚經營的工廠幫忙。

繁忙時期就會像今天這樣忙到很晚才能回家，但從時薪方面考量，確實是一般打工無可比擬的金額，因此結城還是心存感激。

結城雖然像個普通上班族一樣，拚命工作而導致渾身疲勞，腳步卻不自覺地變得輕盈許多。

（畢竟有人在等我回家嘛！）

他嘴角勾起一抹笑意，時不時還穿插神祕又輕快的小跳步，在回家路上走著走著，不知不覺就來到了居住的公寓前。

他在樓梯上兩階併作一階，腳步輕快地往上走，來到自己居住的房門前。

當他從口袋拿出鑰匙準備開門時。

（……嗯？）

結城發現一個從未見過的少女，從剛才他上來的那個樓梯緩緩而上。

（這麼漂亮的孩子居然住在這裡？）

少女的外貌十分顯眼。

她有一頭亮麗的金髮，晶瑩剔透的藍色眼睛，感覺還不到十歲。

結城隔壁是小鳥的家。而這名少女走到小鳥家隔壁那間房前，自己開門走了進去。

「而且還住這麼近……」

結城之前完全沒發現。

「她應該是小學生吧，可能跟我外出的時間不一致……先別管這些了。」

結城再次將鑰匙插進門鎖轉開，用力地打開大門。

「我回來了！」

結城開口說道，迎面而來的是充滿溫暖照明的玄關口。

似乎還瀰漫著一股香氣。

「你回來啦，結城。」

伴隨這句話現身的是一名黑髮少女——清水小鳥。

她住在隔壁，是結城的女朋友，制服外頭罩著一件圍裙。平常她都會像這樣來替結城張羅早晚餐。

穿著圍裙的模樣，和優美端正的外貌相輔相成。光是看到這一幕，結城就覺得被一股暖意包圍，體內的疲勞也頓時消散。

（……啊，就是這種感覺。）

結束工作回到家時，小鳥就在玄關口迎接自己——雖然已經經歷過好幾次，結城的嘴角還是勾起了喜悅的弧度。

「吶，小鳥。」

「怎麼了？」

「妳覺得幸福是什麼？」

小鳥疑惑地歪著頭，似乎不懂結城為何突然這麼問。真可愛。

「直覺就會想到『不必工作也能維持生活富裕的狀態』吧。不工作就能爽爽過生活確實是很理想的狀態，但這樣真的算是幸福嗎？」

結城一臉嚴肅地繼續說道：

「舉例來說，我爺爺雖然是務農人家，卻在我十歲的時候就罹癌住院，沒能重回工作崗位就這麼走了。但爺爺在病床上老是叨嚷著『等身體好一點，好想回去種田啊』。仔細想想，世上的富豪們應該不必工作也能好好生活，他們卻比常人更加努力，積極拚命地工作著。可見人類這種生物一定得投入勞動，才能感受到生命的充實感。」

「喔～」

「但如果說『只要努力工作就好』，感覺也不太對吧？畢竟再喜歡的工作做久了也會累。而且要是埋頭苦幹，忽略了和心愛之人相處的時光，變得孤老終生，也是本末倒置吧。」

「有道理。」

「所以我認為，『努力工作下班後，跟心愛的人共度自在放鬆的時光』才算是幸福。現在的我為課業和打工拚得精疲力盡，回家後還有超級可愛又溫柔的女孩子做好晚飯迎接我回家。」

至此，結城用相當浮誇的得意表情說道：

「換句話說，我現在簡直『幸福得不得了』。小鳥，妳覺得呢？」

「這樣啊，今天的晚餐是炒青菜跟薑汁燒肉喔。」

小鳥面帶微笑地將他的問題一舉帶過。

「唔嗯……」

「怎麼了？今天不想吃薑汁燒肉嗎？」

「呃，沒這回事。小鳥做的薑汁燒肉是全世界最好吃的！我甚至想把這道菜列入最後的晚餐菜單中。謝謝妳每次都做這道菜給我吃！」

「謝謝你。待會兒把衣服脫下來給我，記得把口袋裡的東西拿出來喔。」

小鳥再度揚起笑容這麼說完，就快步走回起居室了。

順帶一提，剛才的笑容很可愛。

非常可愛（很重要所以要說兩次）。

「哦～不過……」

結城環起手臂低語道。

（小鳥這傢伙變強了呢……）

前不久的她聽到結城說這些話，還會羞答答地滿臉通紅呢。

那個樣子真的好可愛。

非常可愛。

可愛到不行（很重要所以要說好幾次）。

「可能習慣了吧……不會每次都表現出害羞的反應。」

結城無可奈何地這麼想，心裡卻不太服氣。

◇

薑汁燒肉和炒青菜非常好吃。

小鳥的料理實在美味至極。調味並不是特別重，也沒有什麼特別出彩的地方，但吃了就能讓人平靜下來。

小鳥動作嫻熟地將空盤收拾完畢後，又從冰箱拿出甜點，是親手做的牛奶布丁。
「來，結城，請慢用。」
「啊，謝了！」
這個布丁吃起來清爽不甜膩，是結城的最愛。
將甜點放在結城面前後，小鳥就去洗碗了。
這是兩人平時的習慣。
結城之前曾想幫忙，但在遇見小鳥之前，他基本上都靠超商便當和杯麵打發三餐，手一滑就摔碎了盤子（而且還兩次）。
『那個……結城就好好休息吧，畢竟你工作也很累嘛……啊哈哈。』
小鳥用十分同情的語氣對他這麼說，因此洗碗這件差事就決定由小鳥擔當大臣全權負責了。
當時小鳥那個無比哀憐的眼神，結城就算到下輩子也忘不掉。
「～～♪」
小鳥一邊用悅耳的嗓音哼著歌一邊洗碗。
她的動作非常俐落，跟結城相差懸殊，讓結城都想自暴自棄擺爛了。
沒一會兒工夫，小鳥就洗好所有的碗盤回到桌前。
「咦？結城，你怎麼了，甜點也沒吃。」

「沒有啦……只是覺得都是小鳥在照顧我。」

老實說，如果沒有小鳥，感覺自己就沒辦法好好生活了。雖然心存感激，卻也讓結城有些愧疚。

「結城，你也替我出了餐費啊，別放在心上啦。」

「真的嗎？」

（那我至少要把這份感激好好刻進心裡才行……）

結城這麼想並拿起湯匙。

這時，他忽然發現一個問題。

「咦？布丁的分量好像比平常多耶？」

「有嗎？」

裝在透明玻璃盤上的布丁，分量比平常多了將近一倍。

小鳥平常就覺得吃太多甜食不好，所以裝盤時都會控制分量。

「啊，這麼說來，妳好像從剛才就心情很好。洗碗的時候，還哼著之前跟大谷一起看的動畫主題曲。」

「我、我哪有……」

小鳥將臉別向一旁，開始撥弄髮梢。

啊，這是試圖掩飾害羞的舉止吧。

「……是不是聽了我剛剛在玄關說的那些話，覺得很開心？」

剛才小鳥雖然若無其事地帶過話題，但其實開心得不得了，為了掩飾害羞才沒什麼反應吧。

證據就是，當小鳥再次轉頭看向結城時，整張臉已經羞紅一片了。

「呵呵，原來如此。不過妳的好心情表現得太明顯了啦，直說不就行了？」

真是可愛到不行。

「……哼～」

小鳥氣得將看似柔嫩的臉頰鼓了起來。

嗯，好可愛。

「……結城是大笨蛋。」

說完，小鳥就將紅通通的臉抵在結城肩膀上轉啊轉的。

「欸，別這樣，很癢耶。」

嘴上雖然要小鳥停止，但小鳥的體溫從肩膀傳遞而來，感覺相當舒適，因此結城也沒有伸手撥開。

可以的話，真希望小鳥能再跟他這樣撒嬌一小時。

對結城而言，像這樣毫無意義地跟小鳥打情罵俏的時間才是最重要的。

「……吶，結城。」

「怎麼了，小鳥？」

小鳥將臉埋進結城的臂彎中，用悶悶的嗓音說道：

「我現在……也很幸福。」

「……是嗎？」

「……嗯。」

舒適又恬靜的時光，靜靜地瀰漫在兩人之間。

此刻只能聽見時而駛過公寓前的車聲，因此結城能直接感受到小鳥的吐息，以及自己有些激昂的心跳聲。

……說真的。

（真希望這份美妙時光能持續一輩子……）

結城非常認真地這麼想。

桌上的時鐘雖然速度緩慢，依然確實地將時間往前推進。

看了眼時鐘，正好來到凌晨十二點，今天至此告一段落。

「啊，暑假也結束了。」

沒錯，劃下句點的這一天，正好也是暑假最後一天。

雖然在暑假前發生了很多事……實在是一言難盡，但在休假期間也算是暫時平息。結城就像今天這樣拚命打工讀書，和小鳥共度的日常也漸漸走回正軌。

明天是開學典禮，即將迎來第二學期。
也是小鳥轉到結城學校就讀的第一天。

第一話　結城與小鳥的新學期

開學典禮當天，結城依然是第一個到教室的人。

跟他一起到校的小鳥要和新班導準備一些事務，因此結城像平常一樣，在自己的座位上開始讀書。

過了一會兒，教室的門開了。

「新學期一開始就這麼拚命啊。」

結城根本不需要抬頭，就能聽出這道渾厚的女聲是他唯一的女性朋友——大谷翔子。

（暑假期間都沒見面，算算應該隔了一個月了吧。）

他們在學校雖然經常聊天，但若沒有特別的事，放學後也不會玩在一起。

放暑假後，結城都在讀書和工作，大谷也在準備夏日舉辦的販售會，彼此都忙得不可開交，頂多只會傳訊息聊聊小鳥的事。

結城從參考書上抬起頭，準備向大谷回話。

「好久不見，大谷……」

就在此時。

「嗯……？」

衝擊性十足的畫面映入結城眼簾。

「……呃，您是哪位？」

「你睡傻啦？我是一年級都坐在你後面的大谷翔子啊，雖然不是自願的。」

這個聲音和舉止，確實是大谷沒錯啊……

若要用一句話形容現在的狀況，就是「大谷暴瘦了一大圈」。

眼前是一名絕世美少女。

她的五官原本就很端正，現在臉部的贅肉消失後，輪廓變得更加緊緻。充滿魄力的眼神，藏著一抹知性成熟的魅力。而且瘦下來的主要是腰腹和臉蛋，胸臀曲線雖然也緊實許多，豐潤的質感卻絲毫未減。

不僅頭髮變長了一些，眼鏡也拿下來了，可能是戴上隱形眼鏡吧。這讓她的五官變得更加立體，比起可愛，更給人漂亮的印象。

（呃，妳到底是誰啊！）

身材傲人的寫真女星、冰山美人型的女演員——她的外型融合了兩者的優點於一身，可說是違反規則的存在。

結城之前就覺得大谷如果瘦下來應該是個大美人，但這個結果實在太出乎意料了。

驚嚇過度的結城呈現目瞪口呆的狀態，大谷則冷笑了一聲說：

「然後呢……如你所見，我稍微轉換了一下形象。」

「稍微？」

真奇怪，跟我認識的「稍微」二字不太一樣呢。

「感想如何？」

「咦？呃，那個，我很驚訝。」

「看你那張呆臉就知道了，我是問你怎麼個驚訝法？」

「……一定得說嗎？」

「感、想、如、何？」

大谷用手上那本兩個男人難分難捨的小說邊角處，壓在結城臉頰上轉了轉。

「痛痛痛痛痛。哎、哎唷，對妳說這種話真的很丟臉耶……」

大谷用戴著隱形眼鏡的冷漠雙眸狠狠瞪了過來。

好，對不起，我認輸了。

「……那個，嗯。實在太漂亮了，所以我很驚訝。」

結城乖乖說出感想後，大谷心滿意足地點點頭。

「是嗎……謝謝你。」

說完，大谷就在結城身後的座位坐下，隨後打開手上的書讀了起來。

儘管大谷的外貌變了不少，整體表現卻還是老樣子，讓結城稍微鬆了口氣。

「……但我真的嚇了一大跳。怎麼回事啊？」
「沒什麼……有點像轉換心情吧。」
大谷這麼說，依舊低頭看著書。
「這樣啊。」
話說回來，藤井之前也說過，女孩子常用「轉換心情」這個理由去梳妝打扮或穿耳洞。
「但我說得沒錯吧，妳確實變得非常漂亮。」
結城先前曾對大谷說過「妳瘦下來應該會變成超級大美女」。
「哦？你居然誇得這麼直接，我很高興呢。」
「這種時候我不會說謊啦。但還是比不過小鳥就是了！」
啪嚓！
「咿噠噗！」
大谷用ＢＬ本毫不留情地往前一揮，直接擊中結城的臉。
「多餘的話還是省省吧，宇宙無敵大白痴。」

◇

午休時間。

結城跟平常一樣，在自己的桌上打開便當。

想當然耳，是小鳥親手做的便當。

「對了，結城，小鳥是今天轉來這間學校嗎？」

大谷也像平常那樣吃著福利社買來的麵包這麼說。

「嗯？對啊。」

「沒有啦，我以為你一到午休時間，就會興奮得氣喘吁吁，頂著春心蕩漾的臉衝到她身邊呢。」

「等等，怎麼會有那種印象啊？」

「不是嗎？感覺你就會在每天打工結束後，笑嘻嘻地踏著輕快的步伐，用最快的速度衝回小鳥在等著的家呢。」

「咦？不會吧，妳怎麼知道？」

是什麼時候被她看到的？打工的地方跟大谷家應該是反方向吧？

「……」↑（彷彿在看一個可憐至極的大白痴）

「幹嘛用平常看藤井的那種眼神看我啊？」

「……我只是沒想到居然會完全猜中，覺得很傻眼。算了，先不談這些。」

吃完豬排三明治後，大谷又拆開另一份午餐咖哩麵包，繼續說道：

「可能算是我多管閒事吧，但我有點擔心。那孩子能適應嗎？」

「啊。」

結城馬上就聽懂大谷的話中含意了。

小鳥的成長環境比較特殊，在前一所學校也很難融入人群。雖然她的異常表現讓周遭的人嚇得立刻收手，但她確實遭受過霸凌。

「說得也是。我也一樣，說不擔心是騙人的。只是……」

經過那一連串事件，結城得以深入了解小鳥的過往，所以才會有不一樣的想法。

「我覺得應該沒問題。或許會面臨一場苦戰，但她其實比任何人都要堅強。換個方向想，要是我跑去找她，她就得分神應付我，這樣就沒時間跟同學聊天了吧？」

結城篤定地這麼說。大谷直盯著他的雙眼，表情也稍稍和緩了些。

「……這樣啊，你很信任她呢。但如果她有什麼心事，你要好好問清楚喔。」

「喔，那還用說。別看我這樣，我們在家裡可是一直膩在一起呢。只要小鳥有煩惱，我馬上就能看出來！」

「啊～好好好，兩位可真是幸福呢。」

大谷看著遙遠的彼方，大口吃著咖哩麵包。

結城完全不知道她為何要一臉無奈。

「不過，雖然這方面不需要擔心啦……」

「還有其他需要擔心的事嗎？」

「呃，妳想想，小鳥可是世界第一可愛的好女孩喔？」

「我不確定是不是世界第一啦，但她確實可愛又善良。」

「而且我們學校的女生很少吧？所以啊～會不會有一堆男生對她示好？或是男生們會不會為了小鳥大打出手？我真的擔心得不得了耶。」

「啊～今天的咖哩麵包也好～好～吃～喔～」

結城徹底被大谷無視了。

◇

放學後，結城坐在校舍入口處的長凳上。

他拿出手機傳送訊息。

『我下課了，現在在校舍入口。』

小鳥立刻就回傳了。

『我也下課了，這邊快結束了。』

簡簡單單的一則訊息，沒有任何表情符號。

小鳥一直到前陣子才有自己的手機，對她來說，簡訊App只是一種聯絡方式而已。

『好喔。』

結城也不是愛用社群軟體聊天的人，因此也回了一則簡單的訊息。

他坐在校舍入口前的長凳上攤開參考書。手上這本雖然是高三才會學到的範圍，但結城已經讀過好幾遍了。

（解數列真的滿好玩的耶。）

結城這麼想，並在腦海中解起習題。

順帶一提，他之前跟大谷說起這件事時，大谷卻說「我光是看到Σ就覺得噁心想吐」。她那充滿怨恨的眼神，彷彿求和符號是她前世的殺父仇人似的。

他就這麼讀了一會兒參考書。

「……結城。」

「啊。」

小鳥站在他的面前。

雖然早上也看過一次了，但她真的很適合穿結城學校的制服。前一間貴族女校的制服是以黑色為基底，有種沉穩高雅的氣質，也很符合小鳥的形象；不過現在這身經典的深藍色西裝款制服洋溢著健康活力，感覺也很棒。

結城從長凳上起身後，對小鳥說道：

「好，回家吧。」

「嗯。」

結城將參考書收進書包，與小鳥並肩邁開步伐。

「在班上還好嗎？」

結城不經意地問道。

「……我想想。」

小鳥思考了一陣，便笑容滿面地說：

「嗯，大家都對我很好。」

「……是嗎？」

小鳥捲了捲自己的頭髮。

換句話說，她是在撒謊吧。

「對了，今天打工的時間比較晚。機會難得，要不要直接在外面吃？我請客。」

「咦？好呀。」

小鳥百思不解地這麼說。

◇

雖然結城說要請客，但以一介高中生的經濟能力，實在不可能負擔時髦的高級法式餐廳，所以只能在附近的家庭餐廳與小鳥共進晚餐。

「我要海鮮丼套餐，小鳥呢？」

「嗯～那我要這個。」

說完，小鳥就用纖細的手指指向鬆餅套餐。

「還是老樣子啊。晚餐只吃這些夠嗎？」

「嗯，我吃這個就好。」

幫結城他們點完餐後，店員就回到吧台後面了。

「等我當上醫生，就能帶妳到更高級的餐廳約會了吧？」

「別這麼說……我覺得這裡就很棒了，結城。」

小鳥誠惶誠恐地揮了揮手。

她就是這種人。雖然跟剛見面時相比改善了不少，但她仍然不習慣接受別人的好意。

「……不過，也是呢。」

但小鳥低下頭思考了一會兒，又抬起頭說道：

「機會難得嘛，我就拭目以待嘍。」

說完，她揚起一抹微笑。

嗯，雖然依舊有些顧慮，但她還是可以跟別人撒嬌嘛。

話雖如此，對象也僅限於結城或親近的人而已。

「……對了，小鳥，妳有心事吧？」

「咦……」

聽結城這麼說，小鳥驚訝地瞪大雙眼。

「如果是我多心了，那倒無所謂，但感覺妳心裡有煩惱。」

「……」

小鳥的目光四處游移了一會兒，隨後便深深嘆了口氣說：

「結城，還是被你發現了。」

「是啊，因為我無時無刻都想著妳嘛。」

「這、這樣啊……」

小鳥變得滿臉通紅。

……看她表現得這麼開心，結城的臉也熱了起來。

「但真的不是什麼大事，實在沒必要特地找你商量……」

結城將自己的手覆在小鳥手上。

「我當時不是說了嗎？我才不管妳這種不好意思求助的心情。」

「……」

他目不轉睛地看著小鳥的眼眸說：

「我只是出於私心才想幫助妳，所以妳願意告訴我嗎？」

「……」

沉默雖持續了一會兒，結城的手還是被一股柔軟的觸感所包覆。

是小鳥握住了結城的手。

「謝謝你……那你可以聽我說幾句嗎？」

「當然，儘管開口吧。」

「好。說是這麼說，但真的不算什麼大事，班上同學也都善良地接納了我。」

小鳥開始說起今天發生的事。

早上的班會時間，小鳥在同學面前打招呼的時候，似乎沒什麼問題。

大家反而因為這位不合時節的轉學生的到來而興奮不已（結城猜測大家興奮的原因是小鳥的絕世美貌，但他決定之後再來細問這件事）。

小鳥對課程進度不太熟悉，大家也都十分親切地告訴她，空閒時還有很多人過來找她聊天。過去的狀況姑且不談，但現在的小鳥待人親切，對答如流，也善於傾聽，應該馬上就能和同學打成一片。

可是。

問題就在中午前的最後一節課發生了。

第四節是體育課，自然要換上學校運動服……

「啊，原來如此。」

聽到這裡，結城便恍然大悟。

「換衣服的時候，很難隱藏身上的傷痕吧？」

「……對。」

班上的女同學看到小鳥的身體後，會作何感想呢？

上高中之後，尤其是加入運動系社團的人，應該都看過嚴重傷口所留下的傷痕吧。

然而小鳥的狀況卻無法相提並論。

令人怵目驚心的瘀青和傷疤遍布全身。儘管沒有再留下新的傷勢，但自幼以來長年不斷在剛痊癒的傷口上再次烙下的傷痕，根本無法在一個月內完全消失，恐怕會留在身上一輩子吧。

對那些平安長大的女同學來說，這是此生不可能經歷的真正的暴力痕跡。

想當然耳，在其他地方更衣的男學生們也在謠傳這件事。

溫柔可人的美少女轉學生，轉眼間就變成了「可疑難解的存在」。

值得慶幸的是，大家沒有因此對她不理不睬，也沒有對她惡言相向……

「這樣啊，班上的氣氛變得有點尷尬吧。」

「是啊，大家都不知如何拿捏跟我談話的分寸了……如果可以，我真的很想跟班上同學好好相處，但如果我主動出擊，應該會造成他們的困擾……」

說完，小鳥就低下頭去。

（小鳥還是太為他人著想了。）

結城這麼想。

不用想太多，表現大方一點，沒過多久大家就會忘得一乾二淨……用這種話勸她也毫無意義吧。無論如何她就是會放在心上，況且這種為他人著想的心情，就是小鳥的優點。

所以結城盡可能用柔和的語氣說：

「也是……希望妳能交到感情很好的朋友，不必太多也沒關係。妳雖然很怕給別人添麻煩，但若是鼓起勇氣主動開口，對方一定會很開心。」

「是嗎……」

「當然啊，像妳這麼可愛的女孩子就更不用說了。啊，但可以的話，妳還是跟男生……呃，沒什麼啦。」

結城的話讓小鳥疑惑地歪著頭。

「跟男生……你想說什麼？」

「那個，就是……我不是要禁止妳跟男生說話啦，但也很擔心妳會不會被男生調戲……算了，拜託忘了這件事吧。」

「……呵呵。」

小鳥忍不住笑了出來。

「你在吃醋吧？」

「……沒有，就當我沒說吧。」

「結城，你真可愛。」

小鳥笑容滿面地說。

「……唔唔。」

實在太丟臉了……但小鳥用纖細手指撫摸頭髮的觸感又那麼舒服，結城根本不想拒絕，心情也變得五味雜陳。

◇

隔天。

鈴聲響徹了整座校園，宣告午休時間即將開始。

一年三班的教室中，清水小鳥在自己的座位上觀察周遭的狀況。

老師一宣布下課，同學們就各自展開行動。有人直奔學生餐廳，有人移動到朋友的座位旁邊。

每個人看起來都很開心。

這是再平常不過的校園即景。

所以她才忍不住心想：像我這樣的人，真的可以走進他們的世界嗎？

她也知道自己的成長背景不太正常，但若問她對父親這個罪魁禍首是否心懷恨意，倒也沒有那種心情了。她反而覺得父親會變成這樣是自己造成的，因此相較於憎恨，她對父親更感到憐憫與愧疚。

但像這樣完全不跟其他人說話，獨自一人的感覺還是有點難熬。在前一所學校時她還覺得理所當然，但認識結城以後，她才體會到一個人有多寂寞。

（咦……那個人？）

就在此時，小鳥注意到一名跟自己一樣在座位上打開便當的女學生。

她好像姓吉田。

給人一種光鮮亮麗的感覺。

如模特兒般修長的體型，一頭燙捲的柔順金髮，五官立體有神。擦上睫毛膏的睫毛濃密捲翹，指甲似乎擦了一層淡淡的紅色指甲油，將漂亮的手點綴得更加華麗。這所學校的女孩大多長得純樸乖巧，因此會在妝容和飾品下工夫的她顯得格外惹眼。

話雖如此，看起來也不會顯得過太過花俏或浮誇。若用一句話來形容，就是全身都散發著高雅講究的時尚感。

聽說她在當雜誌之類的模特兒。小鳥心想：原來如此，讓這種女孩子登上雜誌封面的話，確實非常吸睛。

此時卻發生了感覺不會出現在她身上的糗事。

（她好像穿錯襪子了耶……）

右腳雖然是普通的黑襪，左腳卻是毛茸茸的可愛白襪。

不對，這說不定是一種時尚穿法？但對時尚一竅不通的小鳥也能從吉田其他地方感受到講究的氣息，就只有這個部分顯得格格不入。

小鳥看了看周圍，發現也有其他學生發現了這件事，不停偷瞄吉田的腳。卻沒有任何人對吉田提及此事。

（……提醒她一下比較好吧。）

於是小鳥從座位上起身，來到吉田身邊。

「……那個，吉田同學。」

「嗯？妳是轉學生吧。有事嗎？」

吉田的嗓音聽起來有些冷漠。

要是多管閒事了該怎麼辦？

這個念頭瞬間閃過小鳥的腦海，但像吉田這種對儀容相當注重的人，應該更不希望大家盯著自己無心的失誤吧。

小鳥用不會被周遭聽見的音量悄聲說道：

（妳的……襪子……）

「襪子……？啊，糟糕，真的耶！」

看樣子是真的穿錯了。而且她驚訝的聲音比想像中尖細一些，感覺好可愛。

吉田用手扶著額頭說道：

「哎呀~我這個人怎麼這麼不小心啊。都是因為今天眉毛畫得太漂亮，所以才興奮過頭了。」

「那個，不介意的話，要不要穿這雙？」

說完，小鳥就從置物櫃拿出被雨淋濕後可以替換的預備襪子。

「……可以嗎？謝啦~」

吉田道了聲謝，並露出滿面笑容。

……她的個性似乎比想像中爽朗許多。

「天啊，真的很謝謝妳。畢竟班上很少人會跟我說話。」

「真的嗎？」

這麼說來小鳥才發現，確實沒看過吉田跟別人聊天說笑的樣子。

成熟穩重的氛圍和極度完美的外貌，確實給人一種難以親近的感覺。小鳥也隱約覺得吉田像極了在高地綻放的孤傲花朵。

（咦？這樣的話……）

不就可以跟她一起吃飯了？

說不定這才是多事之舉，吉田可能就喜歡一個人獨處。

可是……

小鳥想起結城說過的話。

『也是……希望妳能交到感情很好的朋友，不必太多也沒關係。妳雖然很怕給別人添麻煩，但若是鼓起勇氣主動開口，對方一定會很開心。』

……是啊。

鼓起勇氣吧。搞不好對方會覺得很開心呢。

「那個……吉田同學。」

「怎麼了，轉學生？」

「呃，就是……」

起初小鳥有些忸怩，隨後還是握緊了手開口說道：

「我可以……跟妳一起吃午餐嗎？」

小鳥戰戰兢兢地看著吉田的臉。

（……結城，我好像失敗了。）

因為吉田那張姣好的面容忽然沒了表情，只是默默地盯著小鳥看。

她在生氣嗎？還是在思考拒絕的理由？

「……那個，對不起，當我沒……」

「……再說一次。」

「什麼？」

「我叫妳再說一次。」

吉田加重語氣這麼說，配上那張光彩奪目的凜然容貌，顯得魄力十足。

「咦？好。呃……妳可以跟我一起吃午餐嗎？」

「……嗚嗚。」

「唔！」

不知為何，吉田忽然哭了起來。

「嗚嗚，我終於也……嗚嗚。」

「那、那個，不好意思，我是不是冒犯到妳了？」

「……不是啦，嗚嗚。」

據說吉田基於某些原因留級了一年，因為年紀較大，外表又高雅時尚，所以大家都下意識跟她保持距離。吉田雖然很想跟其他人像同學一樣好好相處，但在不知不覺間，大家都把她當成「班上的一位學姊」。

不久後，班上開始謠傳吉田所屬的經紀公司跟暴力組織有掛勾，吉田還跟組織幹部來往密切，大家就更不敢跟她說話了。

「……一年級的時候，我也因為工作太忙沒交到朋友……所以，一想到我終於也可以在午休時間跟同學一起吃飯，我就……嗚嗚嗚嗚嗚嗚。」

「啊、啊哈哈哈……」

吉田表現得比想像中還要開心，小鳥雖然也很欣慰，卻也因為她反應過度而面有難色。

◇

「……小鳥今天應該沒事吧？」

晚上打工結束後，結城在回家路上喃喃自語。

今天結城刻意在放學後直接去打工，沒有和小鳥一起回家。

其實他真的很想每天都跟小鳥一起回家，但這樣一來，小鳥放學後就沒機會跟日後交到的朋友培養感情了。結城覺得這樣實在不妥。

小鳥可能會覺得很寂寞吧，但結城還是狠下了心。

遇到結城之前，小鳥始終受制於對父母的罪惡感，常人認為理所當然的種種行為，她從來不曾體驗過。所以結城希望她能更為自己著想，好好開拓自己的世界。

這個念頭讓結城故意拋下小鳥獨自行動，但若問他擔不擔心……

（有～～～～～～～夠擔心啊！！）

老實說，打工時因為一直在擔心小鳥，他根本心不在焉。

小鳥是個堅強的女孩，這一點結城比任何人都了解，而且也對她十分信賴，但還是會忍不住擔憂。

說穿了，難得就讀同一所學校，結城其實很想在午休時間去見小鳥一面，跟她一起吃便當，也想每天放學一起回家。

（啊～可惡，給我忍住啊，結城祐介……）

要是自己像小鳥的父母一樣，變成了綁住小鳥的人，就一點意義也沒有了。至少他不想剝奪小鳥和同學慢慢熟絡的時光。

（……如果她很沮喪，就好好安慰她吧。）

想著想著，結城也走回了公寓。

他像平常那樣，走上樓梯後打開自家房門。

「我回來了，小鳥。」

以往總是小鳥先對結城說「歡迎回來」，結城才回答「我回來了」。但結城今天實在太想念小鳥了，忍不住先喊出她的名字。

聽到結城的聲音後，小鳥才快步來到玄關。

「歡迎回來，結城。」

「……」

小鳥帶著笑容說道。

不是昨天那種有些強顏歡笑的笑容，而是發自內心的爽朗微笑。

見狀，結城才心有篤定。

……這樣啊，小鳥成功了。

「小鳥，那個同學人還不錯吧？」

小鳥頓時疑惑地歪過頭，思考結城這句話是什麼意思。

但她馬上就聽出了話中含意，開心地點點頭。

「嗯，是個帥氣又可愛的人。」

小鳥用難得的興奮嗓音這麼說。

「……是嗎？」

小鳥雀躍的模樣實在惹人憐愛，結城忍不住將她緊擁入懷。

臂彎中的身軀纖瘦又柔軟，卻也傳遞出溫熱的體溫。

小鳥被突如其來的擁抱嚇了一跳，下意識地繃緊身子。

「……怎、怎麼忽然抱上來呀，結城？」

「妳很努力呢，小鳥……」

「……」

小鳥緩緩放鬆身體，將臉埋入結城的胸膛。

「是呀……我鼓起勇氣了。」

「……嗯，不愧是我的女朋友。」

「這得歸功於總是為我著想的男朋友呀……」

結城摸摸小鳥的頭，觸感還是那麼舒服。

靜謐的時光在兩人之間流淌而過，耳邊只聽見車輛從外頭駛過的聲音。

他們沉浸在彼此的體溫中好一會兒。

就在此時。

「……門還開著喔。」

「咦？」

結城身後忽然傳來一個聲音。

回頭一看，只見有個金髮碧眼的小學女孩站在敞開的大門前，直盯著他們看。

是結城之前打工回家時在玄關口遇見的，住在隔兩戶那個家的少女。

「啊，呃……」

少女對正在煩惱如何解釋的結城說：

「……門一直開著……很危險喔？」

「啊、嗯。謝謝妳。」

小鳥說完後，少女就點點頭，將房門關了起來。

隨著「啪噠」一聲，玄關口再次恢復寧靜。

「……」

「……」

結城和小鳥不約而同地放開了彼此。

「被、被看到了呢……」

「對啊……」

小鳥的臉紅得離譜，結城一定也不惶多讓，整張臉都紅透了吧。

結城心想：這搞不好是目前為止最丟人現眼的一次。

## 第二話　結城、小鳥與隔壁的女孩子

隔天放學後。

結城跟前兩天一樣，坐在校舍入口處的長凳等小鳥下課。

雖然他也像上次那樣打開了參考書，心境卻已經大不相同。

因為……

（今天可是久違的休假啊！）

沒錯，他很久沒有排休了。

基本上結城週末都會去打工，讀書行程更是一天不落。對他來說，這是難能可貴的一天。

他今天當然依舊會讀書，但他打算早早讀完，好跟小鳥慢慢溫存。

結城本想提議找個地方逛逛，然而真要說的話，小鳥還是喜歡待在家裡。所以在一起的時間，他們經常在打電動。

各位或許會心想：這樣不就跟平常沒兩樣了嗎？但對忙碌的結城而言，一整天能跟小鳥溫存的機會只有早餐、晚餐和睡前的一點點時間而已，總計應該是兩個多小時吧？

今天從現在到睡前的這六個小時，都可以跟小鳥在一起。

（這樣可以攝取到的小鳥養分比平常多了三倍，人生的幸福指數就會飆升到十倍以上啊！）

結城的腦細胞導出了這個莫名其妙的計算結果。這種腦細胞居然可以在前陣子的全國模擬考得到數學滿分，看來世界末日近了。

「啊，來了。」

就在此時，小鳥跟前天一樣來到了校舍入口。

（咦？她旁邊是……）

結城沒見過那個人。

是個有染髮的女孩子，外表十分亮眼。

容貌亮麗的女學生瞄了結城一眼，拋下一句「那我先走了」，就揮揮手離開了。

小鳥也說了聲「再見」並揮手道別，才來到結城面前。

「上課辛苦了，小鳥。」

「嗯，你也辛苦了。」

「剛剛那個人是？」

「啊，是跟我同班的吉田小百合。」

「……這樣啊。」

小鳥先前提到的朋友，就是吉田吧。

聽說是個可愛的女孩子，所以結城才覺得意外。結城很少遇過吉田這種光彩奪目的外貌，她那銳利又堅毅的五官線條，也給人一種難以親近的感覺。

結城這麼想，並將目光轉向吉田。

「……（揮揮）。」

發現她在很遠的地方又跟小鳥揮了揮手。

「……小鳥，妳看。」

「嗯?啊。呵呵，吉田同學真是的。」

小鳥也揚起開心的笑容揮揮手。

吉田臉上浮現一抹柔和可愛的微笑，心滿意足地踏著小跳步走出校門口，讓人忍不住想問剛才那副凜然神色跑到哪裡去了。

（……嗯，確實很可愛啦。）

應該說她的外表和個性反差太大，快把結城嚇歪了。

總之應該不是危險的太妹，讓結城安心不少。

「……好，小鳥，我們回家吧。今天是難得的休假，趕快回家慢慢溫存吧！」

「你好像很開心耶，結城。」

「是啊。一想到今天可以一直跟小鳥膩在一起，就覺得迫不及待了。」

「這、這樣啊……」

呵呵，小鳥整張臉都紅了呢。

心意果然還是得直接說出口才行。若能精準投出１６０公里的快速直球，哪還需要賣弄技藝的變化球呢？

但這個時候。

結城的手被一股柔軟觸感緊緊包覆。

原來是小鳥用小巧的手牽住了結城。

「今天可以一直牽著你呢，結城。」

說完，小鳥那張泛紅的臉上綻出了笑容。

「……喔，對啊。」

過於可愛的笑容和掌心傳來的溫度，讓結城的心臟瘋狂跳動，彷彿都能聽見自己的心跳聲了。

◇

「咦？」

「怎麼了，結城？」

結城和小鳥牽著手走回公寓住所後，發現有個少女坐在小鳥隔壁房的大門前。

「是昨天那個女孩子嗎？」

沒錯，就是昨天目睹兩人在玄關口相擁的少女。

她低著頭正在滑手機。身上穿著附近那所貴族女校的小學部制服，也就是小鳥就讀的前一所學校。

「是呀，她最近剛搬來。」

「這樣啊？」

「嗯，我跟她打過幾次招呼。這麼說來，是在你去打工的時候搬完的。」

「啊，原來如此。」

況且不論平日假日，結城平常總是早出晚歸，到目前為止沒見過她也很正常。

更令人在意的是……

「欸，她是不是進不了家門啊？」

雖然時值夏日，今天卻有些涼意，不知道她為什麼要特地坐在家門前。

「雖然想問問是怎麼回事……但現在這個世道，實在不方便對小女孩搭話。」

「都把我帶到家裡了，還真好意思說。」

小鳥語帶調侃地這麼說。

「這倒是。」

順帶一提，在那起事件後結城查了才發現，即使雙方都未成年，但在未經監護人同意的狀況下收留未成年少女，相當於誘拐罪。

但若是為了避免當事人受到肉體或生命的危險，則予以認同，所以小鳥帶著滿身傷痕想跳樓輕生的狀況應該較難判定。不過總而言之，得知自己走的是這麼一條險路後，結城不禁打了個冷顫。

結城這麼心想時，小鳥已經來到少女身邊蹲下，與她視線同高。

「妳叫什麼名字？」

少女緩緩地將視線從手機螢幕往上移。

結城已經跟這個少女見過三次了，但要用一句話形容她的外貌，應該還是「漂亮」最為貼切。

雖然面無表情，但略微上揚的眼角和緊閉的雙唇，給人一種意志堅定的感覺。睫毛纖長，鼻梁高挺，金色短髮柔順又亮麗，右眼下方還有一顆充滿特徵的淚痣。是所有五官都堪稱完美，既漂亮又可愛的端正臉蛋。

（該怎麼形容……對了，很像動漫裡的角色。）

這個少女就像從童話或奇幻架空世界走出來的金髮公主，不小心誤闖了人間界似的，充滿非現實的氛圍。

少女直盯著小鳥的臉。

小鳥則對少女露出溫柔的笑。

「……」

「……」

沉默了一會兒。

少女才用低語般的嗓音……

「……結衣，堀井結衣。」

說出了她的名字。

「妳怎麼一直坐在玄關前面呢？」

「……鑰匙，弄丟了。」

果然沒錯。結城和小鳥心領神會地互看了一眼。

於是結城問道：

「有跟爸爸媽媽聯絡嗎？」

「……」

堀井結衣輕輕搖頭。

手機就拿在手上，應該不可能聯繫不上父母吧……

他忽然想起第一次見到小鳥時的場景。

當時結城原本也想連絡她的父母，卻被小鳥拒絕了。

這孩子應該也有難言之隱吧。

「我沒事，別擔心我……」

堀井結衣小聲低喃後，彷彿對結城他們失去興趣似的，將視線轉回液晶螢幕了。

「真讓人放心不下。」

看到這麼小的孩子一個人待在外頭，一般人都會擔心吧。

但也不能搶過她的手機硬是聯繫她的父母，報警又太小題大作了。

「……這樣啊。」

小鳥低聲說道，接著就在堀井結衣身邊坐了下來。

「那我可以在這裡待一會兒嗎？」

少女再次從手機螢幕抬起頭，露出百思不解的神情。

「……為什麼？」

「因為我想待在這裡呀。會給妳添麻煩嗎？」

「……」

少女默默地搖搖頭。

見狀，小鳥開心地說：

「謝謝妳，堀井小妹妹。」

「……結衣，叫我結衣就好。」

「嗯，我叫清水小鳥。請多指教喔，結衣。」

「……」

少女不發一語地點點頭後，又開始滑起手機。

結城在小鳥耳邊細語道：

（欸，小鳥，妳打算怎麼辦……？）

（還不確定，只是……覺得陪在她身邊比較好。）

小鳥看著結衣這麼說。

（……話是沒錯。）

畢竟當事人都說不必聯絡了，若因為擔心她的安危把她帶回家，事後可能還得應付結衣的監護人，引來不必要的麻煩。這麼一來，還是聽從小鳥的建議，單純陪在結衣身邊比較妥當。

只是……

（……難得可以跟小鳥好好獨處的假日……）

「結城，你怎麼了？」

「不……沒什麼。」

語畢，結城就在小鳥身邊坐了下來。

「……不用勉強啦。」

結衣這麼說，眼睛依舊盯著液晶螢幕。

「那怎麼行，兩個女孩子待在外面很危險耶……」

結城嘆了口氣心想：頂多只是跟小鳥溫存的時間變短了，就忍耐一下吧。

◇

「已經這麼晚了啊……」

結城將正在讀的參考書闔上，看了手機時鐘後喃喃自語道。

結果三人就一直坐在玄關前，什麼事也沒發生，天色也暗了下來。

「……」

他往旁邊一瞥，只見結衣依舊默默地滑著手機。

小鳥在結衣身旁看書，偶爾也會看她幾眼。

（小鳥真的很擔心她耶。）

難道她很喜歡小孩子嗎？

「……啊，開始變冷了。」

夏日的暑氣雖然還有一絲殘留，夜晚的氣溫卻下滑不少。

結城起身說：

「我去拿外套。結衣就穿小鳥的吧？」

「好啊，謝謝你。」

正當結城打開自家大門時。

忽然聽見有人走上公寓樓梯的「喀喀」聲。

是高跟鞋踩在鐵製階梯上的聲響。

「您怎麼坐在這裡呢，結衣小姐？」

眼前是一名年約二十五歲的女性。

最引人注目的是她的表情。戴著眼鏡的她嘴唇緊閉，眼角略微上揚，乍看之下還以為她在生氣。

但不管怎麼看，她那嬌小的身材應該都沒超過150公分，所以沒什麼壓迫感。身上那襲整齊筆挺的套裝，給人一種嚴肅非常的感覺。

（是結衣的母親嗎……應該不是，畢竟她喊結衣「小姐」。不過這孩子到底是何方神聖，居然被人用「小姐」來稱呼？）

結衣的視線從手機往上移。

「……鑰匙。」

就說了這麼一句。

「原來如此，您弄丟鑰匙了啊。跟我或社長說一聲不就行了嗎？」

「……沒事。」

「哎，結衣小姐，您還是老樣子。我這裡有備用鑰匙，這就幫您開門。」

看樣子問題解決了。

結城和小鳥互看一眼後，便站起身。

雖然不是母親，但既然有照顧她的大人來了，這裡就不需要結城他們了。

「這兩位是？」

套裝女子正準備打開房門時，看著結城他們問道。

「啊，我們只是跟結衣聊了一下。我是住在旁邊第二戶的結城祐介，這位是住在結衣隔壁的清水小鳥。」

「這樣啊……恕我失禮。敝姓冰堂，是這孩子的母親的祕書。雖然有些晚了，但請容我代替社長向兩位進行搬家的問候，往後也請兩位多多關照結衣小姐。」

說完，她深深一鞠躬。

見狀，小鳥也急忙低下頭回禮。

她只是個高中生，應該沒什麼機會被大人如此彬彬有禮地對待，所以很惶恐吧。

「我還得回公司一趟，先告辭了。」

說完這句話，冰堂就從包包裡拿出鑰匙開門。將鑰匙交給結衣後，又向三人鞠躬致意，隨後才轉身走下樓梯離開公寓。

每個動作都俐落乾脆，毫無拖沓，感覺她的個性也跟外表一樣嚴謹。

「……那我回家了。」

語畢，結衣就打開剛解鎖的大門走進玄關了。

「……」

「……」

留在原地的結城和小鳥沉默了一陣。

「冰堂小姐真是一絲不苟呢……」

小鳥有些訝異地這麼說。她的個性雖然也很嚴謹，但真要說的話，應該算是細心穩重吧。

看到冰堂的動作像軍人一樣俐落確實，小鳥似乎有些震懾。

「……而且結衣的媽媽好像是公司社長耶。算了，既然結衣安全回家就好，我們也該回去了。」

說完，結城就將手伸向自家房門。

「……啊，不過……」

他在開門的同時說道：

「結果已經晚上了。」

「是啊，天色已經全暗了。」

「……哎。」

家裡沒開燈，既昏暗又涼颼颼的。畢竟不像以往那樣有人在，這也是理所當然的。

彷彿是結城此刻的心情寫照。

「結城，你好像很失落耶？」

「呃，沒有啊。」

我難得休假，跟小鳥獨處的時間卻變少了，所以很不開心——這話實在太窩囊了，結城實在說不出口。

現在是晚上九點，跟平常的時間差不多。

結城帶著遺憾的心情準備跨過門檻。

「啊，等一下。」

小鳥走過結城身邊，早一步走進玄關。

「怎麼了？」

「結城……你可以先把門關上，在外面等一會兒，再像平常那樣走進來嗎？」

「是沒差啦。」

「謝謝。我每天都很期待呢。」

「期待什麼？」

小鳥脫鞋走進家裡後，又對結城說：

「那就麻煩你了。」
「喔，好。」
結城依照小鳥的指示走出門外，關上玄關大門。
「到底怎麼回事……？」
雖然充滿疑問，結城還是乖乖等了一會兒。
「……可以了嗎？」
接著，他像平常那樣打開房門。
「歡迎回來，結城。」
只見小鳥站在玄關，用這句話迎接結城回家。
「……」
這便是一如既往的光景。
開著燈的房間，小鳥可愛的嗓音與笑容。
雖然跟平常沒什麼分別，卻徹底溫暖了結城的心。
「像這樣跟結城說一聲『歡迎回來』，我就會覺得很快樂。」
說完，小鳥的臉頰便染上一抹羞紅。
「……是啊。」
嗯，有什麼關係呢？

只是休假的預定行程有些不如預期而已。
畢竟光是看到小鳥這麼開心的模樣，結城就覺得無比幸福了。
「嗯，我回來了，小鳥。」
說完這句話，結城就像平常一樣，走進充滿溫暖氣息的家裡。

◇

「不過，結衣真的很可愛耶。」
昨天他們和結衣在玄關前等了好幾個小時。
今天兩人跟平常一樣在吃晚餐時，小鳥說了這種話。
順帶一提，今天的晚餐是咖哩飯，在小鳥的料理中，算得上是結城最愛的其中之一。她會加入很多蔬菜，將蔬菜的風味充分燉入咖哩醬中，口味清爽卻富含層次，堪稱絕品。
「嗯？對啊，經妳這麼一說，確實很可愛。」
結城也覺得結衣是個眉清目秀的美少女。
「小鳥，妳喜歡小孩啊？」
「是啊。結城，你不喜歡小孩子嗎？」
「嗯～這個嘛。」

結城用湯匙舀起咖哩飯後，繼續說道：

「算不上討厭啦，只是……該怎麼說，我不知道該怎麼跟他們相處吧。」

他將湯匙舀起的咖哩飯放進嘴裡。

咖哩和米飯在口中融為一體，甜甜辣辣的滋味布滿了整個口腔。

「像我那樣對他們溫柔一點就可以了。」

「是嗎？」

老實說，結城實在沒什麼頭緒。

「但有了自己的小孩後，應該就不能說這種話了吧。」

聽結城這麼說，小鳥忍俊不禁地笑了起來。

「呵呵，結城有小孩的話，感覺會很寵孩子呢。」

「會嗎？嗯～不過……」

結城思考了一陣。

「我想放手讓孩子自由成長……」

才用細微的嗓音這麼說道。

「……這樣啊，原來你想這麼做。」

聞言，小鳥的表情變得有些複雜。

結城之前對她說過父親的事，所以她感受到結城的心情了吧。

「小鳥呢？妳想用什麼方法養育孩子？」
「我嗎？我想想……」
小鳥將湯匙抵在嘴邊思索了一會兒。
她用左手摸了摸鎖骨下方。
結城知道那裡的祕密。那個部位藏在衣服底下，皮膚還有些變色。這是烙印在小鳥身上的往日傷痕。
「我……想養育出幸福的孩子。」
她的嗓音和神情中帶著溫柔、後悔，還有其他複雜的情緒。
「……幸福的孩子啊。」
聽起來很抽象。
但小鳥走過的這段歲月，用客套話來形容也算不上幸福。對她來說，這句話肯定不是隨口說說的吧。
「是啊，這是最重要的。」
「沒錯，我覺得這樣就夠了。」
「嗯。」
小鳥的眼神無比慈祥。
明明經歷過那麼可怕的遭遇，她卻不恨任何人。就連現在關押在看守所的那個罪魁禍首，小鳥或許還由衷希望他以後能過上幸福的日子。

（她真的太溫柔了……）

看著這樣的小鳥，結城心中湧現出一股近似使命感的心情。

（雖然我還是個沒有能力的小孩子……）

但我一定要……讓她和她的孩子得到幸福。

儘管現在仍言之過早……結城心底卻充滿冀望。

「啊，第一次這麼希望能趕快長大……」

結城雙手交握靠在後腦杓，倚著身後的床鋪這麼說道。

「呵呵，你怎麼又忽然說這種話？」

「不，沒什麼。到那個時候再說吧。」

「嗯？」

小鳥疑惑地歪著頭。

沒錯，以後再說吧。

為了讓自己獲得足夠的能力，結城決定先將這句話藏在心裡。

# 第三話　小鳥與結衣

（……咦？）

清水小鳥在放學回家後發現了一件事。

小鳥像平常一樣送結城去上班，先回到公寓住所時。

碰巧遇見了兩天前共度了一下午的結衣。

「午安呀，結衣。」

「……」

結衣沒說話，只是點點頭跟她打招呼。

（她真的好漂亮啊。）

簡直像從繪本裡走出來的公主殿下。

但讓小鳥好奇的並不是這一點。

結衣手上拿著附近的超商塑膠袋。不同於老是錯過的結城，這陣子小鳥經常在結衣回家時碰到她，每次她都會拿著超商的塑膠袋。

雖然常常遇到看似幫傭的阿姨出入結衣家，但從前天的狀況來看，結衣的家人幾乎沒有回來過。

（感覺……有點寂寞呢。）

不在意的人自然不會放在心上，結衣可能也是這種人，但至少小鳥是這麼認為的。

對了，叫她來家裡坐坐怎麼樣？

畢竟前天也相處了好長一段時間。

不，這樣還是太雞婆了吧？

雖然這只是小鳥個人的想法，但小時候爸爸經常到外縣市比賽而很少回家，儘管媽媽也在，小鳥依舊很寂寞。她認為小孩子的心情應該都差不多。

所以，如果陪著結衣能讓她稍稍排解這種寂寞……

「……？沒事的話，我要進去嘍？」

看著陷入沉思的小鳥，結衣這麼說。

「啊，那個，呃……」

「……？」

結衣微微歪著頭。

「就是……」

會不會給她添麻煩呀——這句話在小鳥的腦海中不停盤旋。

自己在這種緊要關頭總是很沒用。如果是結城，應該會毫不猶豫地邀請她吧。

一想到結城，那句話又浮現腦海。

『若是鼓起勇氣主動開口，對方一定會很開心。』

（……說得也是。）

吉田那時候不也是這樣嗎？若擔心會給她添麻煩，就不會有任何進展了。自己也是因為結城及時伸出援手才能得救。

小鳥當時覺得非常感激，所以希望自己也能用這種方式讓某人得到幸福，哪怕是多管閒事也無所謂。

「結衣。」

結衣用疑惑的眼神看著小鳥的雙眼。

「要不要來我家聊聊天？」

「……為什麼？」

「呃……」

沒想到結衣會問她理由。

該怎麼回答呢？總不能說「我猜妳一個人會很寂寞」吧……不對，何需理由呢？這種時候只要老實說出自己想怎麼做就好了吧。

「我想多跟妳聊聊啊，不行嗎？」

聽小鳥這麼說，結衣目不轉睛地看著她。

這孩子經常像這樣盯著別人的眼睛，但被那雙美麗的碧藍眼眸盯著看，有種心思全被她看透的錯覺。

「……嗯，好吧。」

「這、這樣啊。」

小鳥鬆了一口氣。

「等我一下……」

說完，結衣就拿出手機，用比大人還要短小的手指按了幾下。

「……小鳥。」

結衣將自己的手機畫面拿給小鳥看。

「咦？啊，嗯，怎麼了嗎，結衣？」

明明前天只說了一次，結衣就把自己的名字記起來了——小鳥對此有些開心，並往手機畫面一看。

「冰堂說『那就麻煩您了』。」

螢幕上的內容彷彿相當制式化的工作委託。如結衣所說，全篇的重點就是「真的很不好意思，結衣小姐就麻煩您照顧了」。

小鳥再次心想：她真是個表裡如一的人。

「我才要請妳多多指教呢，結衣。」

「……嗯。」

說完，小鳥就打開自家房門把東西放好後，再用備用鑰匙打開結城家大門。

「請進，結衣。」

結衣安靜地點點頭，走進結城的房間。

◇

（不過……雖然把她叫過來了，但之後該怎麼辦呀？）

結衣願意到家裡來固然令人開心，但仔細想想，小鳥根本不擅長主動帶話題。

而結衣在桌邊坐定後，就默默吃起超商的漢堡排便當。

順帶一提，小鳥雖然沒考慮到自己不太會聊天，但她也不指望結衣會主動開啟話題。

快想想，得說點什麼才行……

「……那個，結衣。」

「什麼事？」

「冰箱裡還有布丁，要不要當甜點吃？」

「……我不愛吃甜食。」

「咦？啊……這樣啊。呃……」

小鳥完全沒料到這一點。包含自己在內，她還以為女孩都喜歡吃甜食，尤其是小孩子。

「那個，妳不喜歡吃甜食啊。」

「……嗯。」

「……」

「……（嚼嚼）。」

「……」

「……（嚼嚼嚼）。」

（結城，救救我啊～！）

以前被虐待時也不曾求救的小鳥，這次卻在心中大聲吶喊。

平常都是結城主動開啟話題，小鳥此時才發現這有多麼令人感激。

這麼說來，最近在班上經常跟她聊天的吉田，也是會主動引導話題的人。

小鳥這才深刻體會到自己太依賴他們了。

結果她們根本沒有開啟話匣子，結衣吃完便當後，就開始玩起手機遊戲了。

（不行……得說點什麼才行……）

但接下來的兩個多小時，小鳥做家事的同時也在觀察結衣，試圖想找點話題，卻始終沒能如願，時間就這麼白白流逝了。

不久後，結衣才從手機抬起頭。

「……我該回去了。」

說完，她站起身。

「啊，好。」

小鳥本來想說「要不要再多聊一會兒」，卻還是把話嚥了回去。

別說多聊一會兒了，剛才根本連稱得上對話的聊天內容都沒有吧。

小鳥將結衣送到玄關口。

「結衣……那個——」

「……對不起。」

「咦？」

「……我不太會聊天。」

結衣穿上鞋子，將腳尖敲敲地面並這麼說。

「別這麼說……」

「……對不起，沒能聊得盡興。」

語畢，結衣就走出了結城的房間。

◇

「不過，居然同時加薪啊。」

結城在夜路上走著，一個人喃喃自語。

他現在的工作有兩種，一種是搬家業者，一種是在學校附近的工廠組裝作業。兩種都是相當耗體力的工作，因為在挑選工作時，他是基於「其他時間還得念書，還是別讓成績下滑」的標準去選擇的。拜此所賜，他的手臂結實了不少，比有在運動的國中時期還要粗壯。

結城每天都揮灑汗水努力工作，今天卻同時接到兩個工作都要加薪的喜訊。老闆說他工作態度非常認真，總是拚盡全力埋頭苦幹。

（把這件事告訴小鳥的話，她一定很開心吧。）

在這種時候，她總會像自己的事一般，應該說比自己的事還要開心好幾倍。以前的自己就算被加薪，心裡也不會起任何波瀾，只會默默地重複一如往常的作業吧。

現在的他卻能感受到無比踏實的喜悅。

他不禁心想：小鳥來到自己身邊後，他的人生真的充實了許多。

「對了，明天買點好吃的給她吧。」

這是為了報答平日的感激。隨便亂花錢反而會讓小鳥惴惴不安，但這種值得慶祝的時刻，她或許會拋開顧慮接受好意吧。

一想到小鳥，結城就想快點見到她，自然而然加快了腳步。

抵達公寓後，他兩階併作一階爬上樓梯，用鑰匙打開玄關大門後，立刻奔向心愛的女友身邊。

「我回來了～小鳥，妳聽我說，今天啊——」

「嗚嗚，我真是太沒用了……」

心愛的女友竟然將自己裹在棉被裡頭，沮喪地縮在房間角落。

「呃，怎麼回事啊！」

◇

「……原來如此。」

結城吃著小鳥替他準備的晚餐，將自己回家前發生的狀況聽完後，理解地點了點頭。

「妳根本沒和結衣聊上幾句，她就回家了？」

「……是啊。」

小鳥無力地點點頭。

順帶一提，聽小鳥的描述，她們聊得最久的話題——

「結衣，妳喜歡漢堡排呀？」

「……還好。」

「妳喜歡吃什麼？」

「嗯～炸雞。」

「這樣啊，炸雞很好吃呢。」

「……嗯。」

「啊，呃，要喝茶嗎？」

「謝謝……」

「……」

「……」

似乎就是這些。

只有四次對答而已，要說這是聊天，確實有點牽強了。

「明明是我主動邀她來家裡，最後卻是她跟我道歉……」

小鳥低著頭這麼說。

難得看她表現出這麼明顯的沮喪反應，看來她應該對結衣相當抱歉吧。

「啊，對、對不起。你在吃飯，我卻說了這麼沉重的話題。」

即使如此，她還是會顧慮結城的心情，甚至還把家事認真做完。的確很像她會做的事。

「啊，沒關係啦。」

應該說，小鳥平常太在乎他人的心情了。

雖然結城對此相當感激，他也因此能每天認真工作讀書，但他覺得小鳥應該更為自己著想一點。

「我可能還是太多管閒事了，感覺結衣一個人也沒什麼問題。啊，結城，要再添一碗飯嗎？」

「喔，麻煩妳了。嗯～不過……」

結城把碗交給小鳥後，接著說道：

「妳就是覺得會有問題，才會邀她來家裡吧？」

聽結城這麼說，小鳥接過碗的手忽然僵在原地。

「呃……沒錯。雖然沒有真的寂寞到快哭出來的程度，也有可能只是我個人的想法而已就是了。」

小鳥稍稍低垂視線並開口：

「我不清楚結衣的父母是什麼樣的人，但那麼小的孩子見不到父母，一個人待在家裡，應該會很寂寞吧……」

「是啊……小孩子都會這樣吧。」

成長到一定歲數後，就會明白世上並非只有家庭，甚至或許會經常對父母感到厭煩。但結衣才十歲，還沒成熟到能有這種心思，所以小鳥才想稍微代替父母親陪伴她吧。

「嗯，那下次再找她來就好啦。」

「咦？」

聽結城這麼說，小鳥露出有些吃驚的表情。

「妳不是對她放心不下嗎？」

「這……是啊。但我沒辦法跟結衣好好聊天……」

「那個，我覺得啊。」

「嗯。」

「應該沒必要聊天吧？」

結城這句意外的發言，讓小鳥面露驚愕。

「呃……真的嗎？」

「嗯，我是這麼想的。因為……」

結城先把筷子放下，並握住小鳥空著的那隻手。

「像這樣和小鳥靜靜牽手的時光，我也很喜歡。」

「……那個，謝謝你。」

小鳥的臉頰泛起一抹嫣紅。

「我覺得陪在彼此身邊才是最重要的。舉例來說，小鳥總是為我分擔家務，還願意聽我說話，讓我覺得很感激。然而假設妳受了重傷，再也不能做家事也不能說話了，卻還是能像這樣陪在我身邊碰觸彼此，那就夠了。小鳥，妳呢？如果我失去工作能力，也發不出聲音，妳會對我避而不見嗎？」

小鳥用力搖搖頭。

「我怎麼可能在意這種事呢？就算這話是你說的，我聽了也會生氣喔。不管你變成什麼模樣，只要你願意留在我身邊，我就心滿意足了。」

聽了小鳥這番話，結城微微一笑。

「謝謝妳，小鳥。我的意思就是這樣，只要有人陪在身邊，就會覺得很開心。」

結城輕撫小鳥的秀髮如此說道。

「不必太過勉強，只要做妳自己就好。雖然聊天技術差強人意，但妳是那種陪在身邊就會讓人自在輕鬆的人。至少我是這麼認為的，所以妳要有自信。」

「……」

有好一陣子，小鳥都緊盯著結城的臉，並任由結城撫摸自己的頭髮。

隨後。

她用雙手緊緊握住結城的手。

「……結城，我真的好慶幸你是我的男朋友。」

她的眼中浮現出些許淚光。

結城溫柔地摸摸她的頭。

「嗯，我也很慶幸能幫上妳的忙。」

雖然錯過了提及加薪的時機，但今天就先算了吧。

「我會再把結衣找來家裡。」

「好，加油。」

接下來的這段時間，結城就這樣默默地摸著小鳥的頭。

◇

隔天。

放學後，小鳥便加快腳步趕回公寓。

她走出玄關等了一會兒……

來了。

結衣在跟昨天同樣的時間現身了，手上……還是拿著跟昨天一樣的超商塑膠袋。

「妳回來啦，結衣。」

小鳥走向結衣，蹲下身子與她視線同高後開口說道。

「……（點頭）。」

結衣沒有回答，卻輕輕點頭致意。

「今天也是一個人嗎？」

小鳥指著超商塑膠袋這麼問。

「嗯。」

結衣給出了簡短的回應。

「這樣啊……」

當結衣準備拿出自家房門的鑰匙時……

「那今天要不要也跟我一起去結城家？」

小鳥如此提議。

「……？」

結衣一臉不解地看著小鳥問：

「……我很不會聊天耶？」

但小鳥只是搖搖頭。

「沒關係呀，我只是想跟結衣待在一起……不行嗎？」

這次換小鳥目不轉睛地看著結衣的雙眸。

「……」

結衣和小鳥四目相交了一會兒，雙方都凝視著彼此。

「嗯……好吧。」

結衣輕輕點頭。

見狀，小鳥揚起一抹微笑。

「謝謝妳。」

說完，她打開了結城家的大門。

◇

於是小鳥和結衣像昨天一樣，準備共度這個下午。

「……」

結衣依然安靜地吃著漢堡排便當，跟昨天沒什麼兩樣。

小鳥一樣做著家事。

彼此之間也同樣沒有值得一提的對話。

可是……

「～～♪」

與昨天不同的是，小鳥在打掃時竟愉悅地哼著歌。

結衣忍不住將視線移到她身上。

可能是留意到結衣的目光吧，小鳥也看向結衣。

「怎麼了，結衣？」

「……呃，沒什麼。」

「啊，對了，冰箱裡有我特製的牛奶布丁，妳要不要吃？」

「……我不愛吃——」

「妳不愛吃甜吧？但我有降低甜度喔，妳可以試試看……要嗎？」

「……那我就不客氣了。」

聞言，小鳥便開心地從冰箱拿出牛奶布丁裝在小玻璃杯中，還附上一支小湯匙放在結衣面前。

「來，請用。不喜歡的話，沒吃完也沒關係。」

「嗯，那我開動了。」

結衣點點頭，並緩緩拿起湯匙。

她舀起一小勺布丁，用小巧的嘴巴吃了一口。

「……啊，好吃。」

結衣低喃了一句。

聽到她的感想，小鳥開心地笑了。

「太好了。」

「……（嚼嚼）。」

「……」

「……那個……」
「嗯，怎麼了，結衣？」
「小鳥，妳為什麼從剛才就一直盯著我看？」
從方才開始吃甜點時，小鳥就坐在結衣對面一臉愉悅地看著她。
「因為我想看結衣津津有味地品嚐我做的甜點呀。」
「……不覺得無聊嗎？」
「哪會呀。光是妳陪在我身邊，我就覺得好高興……啊，但被人盯著看會不會吃得很彆扭？我還是回去做家事好了。」
小鳥這麼問，結衣卻搖搖頭。
「不會彆扭。」
「這樣啊，謝謝妳喔。」
「……明明是妳請我吃布丁耶，妳好奇怪。」
說完，結衣又把湯匙放進嘴裡。

◇

吃完飯後，結衣放鬆地待在起居室裡。

她坐在床上滑手機。

另一方面，小鳥手邊的家事也大致告一段落，還將學校出的作業寫完了。

她一手拿著螢光筆，坐在桌邊看教科書。

現在她和結衣之間依然沒有任何交流。

然而氣氛卻明顯與昨天大不相同。此刻的沉默並不會讓人尷尬。

小鳥心想：啊，昨天急著找結衣搭話真的是太勉強了。畢竟她和結衣都不擅長主動開啟話題。

既然如此，維持現狀就好。沒有人規定兩人獨處時一定得開口聊天才行。

重要的是陪在彼此身旁，能感受到對方的存在。

今天的結衣雖然還是面無表情，看起來卻平靜許多。

不對，她應該真的很放鬆吧。

因為……

「……」

她的頭點個不停，開始打起盹來。

眼皮也快闔上了。

感覺她第一次表現出符合年紀的可愛反應，小鳥看了不禁輕笑。

「想睡的話就睡吧。」

小鳥來到床邊在結衣身旁坐下，並拍拍自己的膝蓋。

「……沒……關係。」

話雖如此，結衣的意識卻快要飄進夢鄉了。

小鳥溫柔地將手伸向結衣的頭，緩緩放上自己的膝蓋。

「……真的……沒關係。」

「我想讓妳睡啊，不行嗎？」

「也不是……不行……」

說完，結衣就全身放鬆，閉上雙眼。

「別擔心，有我在。晚上我會叫妳起床。」

「……嗯。」

小鳥輕撫結衣的頭髮。

柔順細軟的金色髮絲從指縫流瀉而下的觸感相當舒服。

「這麼做，心裡真的覺得好溫暖……」

小鳥感慨萬千地喃喃道。

「……溫暖？」

躺在膝上的結衣對小鳥提問。

「是呀，好溫暖。」

「……我的體溫確實很高。」

「呵呵呵，沒錯，結衣的身體很溫暖，但不是只有這個原因。像這樣和別人碰觸，心裡就會暖暖的。結衣，妳有感受到暖意嗎？」

「我不知道……我平常都是一個人，也不覺得困擾。」

的確，結衣總是面無表情、雙唇緊閉，能感受到她堅強的意志。

雖然小小年紀，卻可以長時間獨自在家留守。

她一定是個堅強的孩子。

「這樣啊，妳很厲害呢。我跟妳不一樣，是個膽小鬼，所以我覺得結城回家之前的獨處時間好寂寞。如果有人能在我寂寞的時候陪在我身邊，我就會很高興。」

「是嗎……可是我不怕獨處，因為一直以來都是這樣……」

結衣的嗓音中聽不出逞強，似乎只覺得是再正常不過的事實。

小鳥彷彿在她身上，看到了過去那個將不合理視為合理的自己。

啊，真希望這孩子能在我面前放下武裝。

小鳥這麼想。

不久後……

「……嘶、嘶……」

當結衣發出深沉和緩的鼻息後，小鳥便將她嬌小的身軀安置在床被上。

隨後，小鳥輕輕撫摸她那隨著鼻息上下起伏的後背。

◇

下班後的結城，站在公寓大門前轉動肩膀這麼說道。可能因為加薪的緣故，自己有點太拚命了吧。

「……呼，今天也好累啊。」

「呵呵呵，今天帶了伴手禮回來呢。」

和菓子老店的草莓大福，小鳥最喜歡吃了。

這是為了慶祝加薪，也要報答平日的感謝。

「真期待小鳥開心的表情。」

結城將鑰匙插進鎖孔轉了一下。

伴隨著「喀嚓」一聲，門也打開了。

昨天只是例外。平常在這個時候，就能聽見門後傳來小鳥走向玄關的聲音……

「怪了，今天也沒聲音耶。」

怎麼回事？結城滿心疑惑地打開大門。

「嗯？啊，結衣來了嗎？」

結城正準備脫鞋時，發現腳邊有一雙小小的鞋子，不是小鳥的。

踏入家門後，他走向起居室。

「小鳥～我回……啊。」

進入起居室看到眼前的畫面後，結城就完全搞懂了。

小鳥轉頭看向結城，並將食指豎在嘴前。

（……我回來了，小鳥。）

結城小聲地這麼說，用右手比出ＯＫ手勢。

（歡迎回來，結城。）

小鳥也壓低音量回答。只見一名金髮少女躺在她的膝蓋上，舒舒服服地發出規律的鼻息。

……啊，小鳥真的是個堅強又體貼的女孩。

看著結衣安穩的睡臉，結城再次這麼認為。

（啊，得幫你準備晚餐才行。）

（沒關係，妳繼續待在那兒吧。再來只要加熱裝盤就好了吧？這點小事今天就交給我啦。）

（……可是你工作很累吧？）

（沒事啦，我才想謝謝妳平常的照顧呢。對了妳看，這是妳最愛的和菓子。因為老闆幫我加薪，我一時興起就買回來了，先放進冰箱嘍。）

說完，結城就把和菓子放進冰箱，並將小鳥事先準備的豬肉味噌湯鍋開火加熱。

「……嗯？」

自己將料理盛盤的時候，結城身後感受到小鳥的視線。

怎麼了嗎？

他看向小鳥，用歪頭的動作拋出疑惑，小鳥卻搖搖頭，要他別放在心上。

（什麼意思啊？不過……）

結城繼續手邊的動作，並往起居室瞄了一眼。

結衣安穩地熟睡著，小鳥則一臉溫柔地摸著她的頭。

感覺兩人身邊充滿了有些神聖又親密，且令人眷戀的暖意。

（……哈哈，簡直就像親母女嘛。）

這股暖流也傳進了結城心中，讓他自然而然地揚起笑容。

◇

結城靜靜地吃完晚餐，又洗了個澡，但結衣還是睡得深沉。

雖然結城今天回家的時間比平常早了些，但現在時候也不早了。

（該叫她起床了吧……）
要是在這裡睡得太熟，回到自己家反而睡不著覺，感覺也不太好。
結城如此心想，並盯著結衣的臉龐看。
「……嗯。」
結衣的眉毛抽動一下，隨後緩緩地睜開眼簾。
「……爸爸？」
「不是啦。」
「呵呵。」
小鳥差點噴笑出聲。
結衣忽地從小鳥的膝蓋上撐起身子，一臉呆滯地看著結城的臉。
「……不是爸爸啊。」
「確實不是。」
「……你怎麼在這？」
「因為這裡是我家啊。」
看來她已經睡昏頭了。
聽結城這麼說，結衣東張西望地看向四周，又望向小鳥的臉。
「早呀，結衣。」

小鳥面帶微笑地說著。
「……早。」
「妳睡得很熟呢。」
「嗯……」
結衣拿起手機看了看螢幕。
「我該回去了。謝謝妳，小鳥。」
說完，結衣就下床走向玄關。
結城與小鳥將她送到玄關口。
穿上鞋子，用鞋尖敲敲地面後，結衣回頭看向他們。
「……」
「怎麼了，結衣？」
「東西忘記拿了嗎？」
結城這麼說，並準備去房裡查看的時候。
「我……」
結衣盯著小鳥開口道：
「我可以再過來嗎？」
「……」

小鳥顯得有些茫然，可能一時間沒聽懂結衣這話的意思吧。

過了一會兒後。

「嗯，隨時歡迎妳……啊，可是……」

小鳥看向結城。

「嗯？啊。」

仔細想想，這裡是結城的家。平常幾乎天天跟小鳥在一起，都把這件事給忘了。要歡迎結衣隨時過來，確實得經過家主的同意。

結衣也將視線轉向結城。

「當然可以，想來就過來吧。」

徵得結城的同意後，結衣就微微低下頭行了個禮，並離開結城的家。

大門「咯嚓」一聲關上了。

「……」

「……」

房裡瀰漫著一股靜默。

結城心想：只是少了個人而已，整體空間感就變得好空曠啊。

「……對了，小鳥也還沒吃晚餐吧？今天我就順便幫妳盛飯吧。」

結城這麼說，並看向身旁的小鳥。

「嗯～！」

只見她將雙手緊握在胸前，回味著方才那股喜悅。

「……小鳥？」

「結城！」

小鳥氣勢洶洶地轉向結城。

「你聽到結衣剛才說的話了嗎！」

「喔，有啊？」

「她說『我可以再過來嗎』，她居然問我能不能再過來！」

小鳥現在也是欣喜若狂的表情。難得見她情緒如此亢奮。

感覺連結城都開心起來了。

「她感受到妳的心意了，小鳥。」

「結城！」

小鳥摟住結城的腹部。

「我成功了！這都要感謝你推了我一把！」

「但努力實踐的人是妳啊，真有妳的。」

現在的小鳥像個小孩子，可愛程度跟以往大不相同。

結城忍不住摸摸她的頭。

摸了一會兒後，小鳥似乎冷靜了些，呼吸和心跳都漸漸趨緩。
氣氛恢復平靜後，他們還是繼續感受著彼此的體溫。
「妳也該回去了。」
結城這麼說，並準備放開小鳥。
小鳥環住結城身後的力道卻加重了些。
此舉的言外之意是「我還不想離開你」。小鳥不太會做這種事。
「怎麼了……今天比平常還愛撒嬌耶。」
結城有些打趣地這麼說。
「因為……」
他們繼續擁抱，而小鳥說道：
「剛才你回來的時候，我為了照顧熟睡的結衣無法動彈，你卻毫無怨言地替我準備了晚餐呀。」
「這是當然的吧。」
「不僅如此，你買了我最愛吃的東西，還說『謝謝妳平時的照顧』。後來也為了不吵醒結衣，小心翼翼地放輕動作。所以，那個……啊，對不起，我還是說不出口。」
「不不不，都到這個份上了，妳不說我反而更在意啊。」
「呃，那個……你、你不能笑我喔。」

小鳥依然有些猶豫。

「……看到你的表現，我心想：要是我們之間有了孩子，你一定會很珍惜我們母子。」

但還是說出了這番話。

「這麼一想，我就更不想離開你了。對不起……還是怪怪的吧，居然現在就在想像和你生下孩子的事……那我鬆手嘍。」

說完，小鳥也準備放開結城。

然而……

這次卻換結城將小鳥拉進自己懷裡緊緊擁著。

「結、結城！」

「小鳥，妳……真的太可愛了啦！」

這個可愛的生物是怎麼回事啊？

小心我珍惜妳一輩子喔，這傢伙。

「算了，今天就這樣抱到睡覺前吧。」

「咦咦！這、這有點……」

「……不喜歡嗎？」

聽結城這麼一問，小鳥在他的懷裡搖搖頭。

「……不，我很開心。」

說完，小鳥也將全身靠向結城。

雖然小鳥去洗澡的時候得一度分開，讓結城有些遺憾，但除此之外的時間，這天兩人都緊緊相擁並牽著手。

他們還在有些狹窄的單人床上，緊貼著彼此入眠。

由於分居兩室，因此這是相隔多時與小鳥共枕眠的夜晚。

這一晚結城睡得無比安詳沉穩，算得上是這輩子睡得最好的一次。

第四話　結城與結衣

自結城和小鳥久違共眠的那一晚以來。

結衣幾乎每天都會來造訪。

小鳥也非常開心。雖然和小鳥獨處的時間變少了，讓結城有些難過，但看到小鳥欣喜地準備三人份料理的模樣，感覺自己也跟著幸福起來。自從結衣來了以後，小鳥真的變得很快樂。

她之前說過自己喜歡小孩，看來此話不假。儘管她跟結衣依舊不會聊得很起勁，但她們會一起洗澡，小鳥也會幫結衣整理頭髮。結衣願意陪在她身邊，就讓小鳥喜不自勝。

結衣也會幫忙打掃。當她被稱讚時，那張冷若冰霜的臉也會稍稍流露笑意，就算是結城也看得出來。

兩人的關係確實很融洽。

不知該說像差很多歲的姊妹，還是像親母女。

這麼一來，除了小鳥之外，結衣跟結城相處的時間勢必也會增加。

……但情況不如預期。

見面次數確實有增加，但結衣總在結城回來沒多久就回家了，頂多只會聊上一兩句而已。

（她是不是在躲我啊？）

結城不禁這麼想。

雖然無意做出惹結衣討厭的行為，無奈要了解這種小女孩的心思，結城還是沒有絲毫把握。

時間來到了今天。

結城難得下午沒有任何行程。

星期六學校放假，打工也在中午前就結束了。

遺憾的是，偏偏在這種大好日子，只有小鳥得去學校參加轉學生必修的課程和考試。

無奈之下，雖然是難得的假日，但在打工結束後，結城只得回家獨自默默讀書。

「……打擾了。」

沒想到結衣來了。

「啊，抱歉，小鳥今天在學校，可能傍晚才會回來。」

「……我等她。」

說完，結衣就走了進來。

「嗯？只有我在耶，妳不介意嗎？」
「……嗯。」
（為什麼？感覺她在躲著我耶。）
總而言之，這是第一次和結衣單獨相處。在傍晚小鳥回到家之前，結城都得在這個狀態下度過了。

◇

（……所以家裡只有我跟結衣啊。）
老實說，雖然之前對小鳥說了那種大話，但結城根本不知道怎麼跟結衣相處。
再說，結衣又處處表現出躲著自己的樣子，或許也沒必要強迫自己跟她聊天吧。
結城寫著手邊的物理習題，卻也用側眼瞥向床鋪。
結衣就坐在床上，一如往常地玩著手機。
大概是在玩平常那個手遊吧。
結城之前有瞄過她的手機畫面，好像是以不同國家領主的身分集結物資與人力，侵略他國拓展領土的遊戲。
結衣應該很喜歡這個遊戲吧，老是玩個不停。

……但凡事總得一試，還是跟她聊聊好了。

「吶，結衣，妳會不會口渴？」

「……還好。」

結衣簡單回了一句。

「那個手遊是在玩什麼啊？」

聽結城這麼問，結衣就用跟玩遊戲不太一樣的指法按了按手機。

「……傳給你了。」

「嗯？」

結城循著結衣手指的方向看到自己的手機，發現收到了結衣傳來的訊息。之前他從小鳥那邊得知了結衣的帳號，姑且加入了通訊錄。

她傳的是詳載遊戲說明的網址，還貼心地附上遊玩影片的連結。

「喔、喔，謝謝妳。」

結城道謝後，結衣也點點頭。

她的意思是不是「不客氣」呢？

「唔～」

反而更搞不懂她了。

刻意傳網址過來，是出於貼心的好意，還是單純不想跟自己說話呢？當結城陷入沉思時。

拉、拉。

「嗯？」

結衣不知何時來到他身邊，扯了扯他的衣袖。

「喔、喔，怎麼了嗎？」

這是結衣第一次主動跟他互動。

結城有些驚訝。

「……那個。」

結衣所指的方向，是先前結城為了小鳥買下的遊戲機。

「怎麼？妳想玩嗎？」

結衣點點頭。

「……因為我沒玩過。」

「咦？這樣啊……但我頂多也只是陪小鳥玩而已。」

畢竟結衣老是在玩手機遊戲，結城還在猜她是不是喜歡打電動。

「好吧，我教妳玩。妳想玩什麼遊戲？」

順帶一提，除了一開始買的那片ＲＰＧ「聖槍傳說３」，現在還有好幾款遊戲。

「這個。」

說完，結衣拿起一款對戰型的格鬥遊戲。
「咦？妳要玩那個？」
結城有些意外。
「……很奇怪嗎？」
「呃，是不會啦。畢竟妳老是一個人很認真地玩手機遊戲，感覺是因為喜歡才玩的，我才以為妳會選一個人也能玩的ＲＰＧ遊戲。」
聽結城這麼說，結衣回答：
「因為這種遊戲……可以跟大家一起玩。」
「……原來如此。」
結城倒是沒想過這件事。
能跟在場的人一起玩，的確是家用主機的特色之一吧（「聖槍傳說３」也算是可以兩人遊玩的遊戲啦）。
結城對結衣這個直率的感想有些佩服，並將光碟放進遊戲機啟動。
先前大谷送給他的螢幕中就出現了氣勢磅礴的ＢＧＭ，以及畫素不高的各個角色們。
「好，這樣就可以玩了。選妳喜歡的角色去打就好。」
說完，他便將遊戲手把交給結衣。
「……謝謝。」

「有不懂的地方再來問我。」

結城拋下這句話，打算回去繼續念書時……

「……」

「嗯？」

結衣卻目不轉睛地盯著他。

「怎麼了？」

「……沒什麼。」

語畢，結衣就再次轉向螢幕開始玩遊戲。

（嗯～？）

結衣雖然說「沒什麼事」，但結城最近發現，當結衣不發一語地看著自己時，通常都是有話想說。跟小鳥摸頭髮的習慣有點類似。

於是結城開始思考，結衣剛才到底想說什麼卻沒說出口。

（……該不會想跟我一起玩吧？畢竟剛才她還說「可以跟大家一起玩」。）

「吶，結衣，既然都要玩對戰遊戲了，我可以加入嗎？」

聽結城這麼說，結衣就轉過頭看向他。

還用比平常激烈的動作不停點頭。

（她、她很開心嗎？）

基本上她都是面無表情，所以很難判別。

「……我要用結城來練習，讓小鳥大吃一驚。」

「妳好好加油吧，小鳥這方面超強的。進入遊戲模式後，她可是會大開殺戒喔。」

結衣的嘴變成O字型，臉上寫滿了意外。

從小鳥平常的舉止來看，感覺確實判若兩人。她是那種拿著手把性格就會不太一樣的人。

（不過……）

還以為結衣在躲著他呢，只是一起玩遊戲而已，真的會這麼開心嗎？

結城這麼心想，並接過遊戲手把。

順帶一提，結衣的技術熟練到完全無法想像她是第一次玩。她很快就熟悉手把的操作方式，還能跟結城來一場像樣的對決。

雖然不是平常玩的那種手機遊戲，但可能是平日常玩遊戲培養出的靈敏直覺吧。結城雖然也是當代年輕人，卻不禁這麼想著。

◇

「……嗯～」

午休時間，吃完小鳥準備的便當後，結城一如往常地打開參考書，卻雙手環胸且面有難色。

「……哎唷，真難得耶，物理不是你最擅長的科目嗎，居然會讓你傷透腦筋？」

大谷這麼說。她也跟平常一樣，啃福利社的麵包配漫畫看。

大谷在暑假期間認真減肥，變成了驚豔四方的大美人，但體形好像有慢慢反彈的趨勢。如果據實以告應該會被她痛扁一頓，因此結城識相地乖乖閉嘴。

「嗯～不是啦，該怎麼說～我覺得小孩子好難懂啊。」

喀咚。

大谷差點從椅子上摔下來。

「……你該不會……我早就猜到你總有一天會闖禍了，但還是應該早點提醒你要做避孕措施……」

「不是啦！我們甚至還沒接吻過耶！咦？這麼說來真的還沒親過耶！為什麼啊！」

「我哪知道……」

但說真的，他們每天都在一起生活，甚至還會同床共枕，這樣確實不太尋常。

（仔細想想，我也不知道什麼時間點該接吻啊……）

他們之間有出現過這種氛圍嗎？

「……好，既然你沒闖禍，那到底是怎麼回事？」

「啊，這個嘛。」

於是結城向大谷說起了最近常來家裡的那個少女。

包括她跟小鳥的感情像親母女一樣融洽，還有不知為何總在自己一到家就趕著回去的事。

「之前休假的時候，在小鳥回家前的這段時間，我還跟她一起打電動。原本以為兩人總算拉近了距離，結果後來還是一樣，我一到家她就要回去了。她到底是喜歡我還是討厭我啊？那個年紀的小女孩實在很難懂。」

「……你一直不懂女人心啊，跟年齡無關。」

「這……不論是什麼年紀的女人，我都沒什麼把握。」

明明是有女朋友的人，說這種話實在很丟臉，但結城的女性朋友依舊只有大谷而已。

「這個嘛，雖然我能給的建議也不多……啊，等等，隱形眼睛滑掉了……啊～受不了，真的很麻煩耶。」

說完，大谷就把隱形眼鏡摘下來，從書包拿出以往那副紅框眼鏡。

「還是戴眼鏡方便。」

「沒多久就變回以前那個樣子了啊……」

要是再胖一點，就徹底打回原形了。

「繼續聊那個叫結衣的小女孩吧。我覺得可以直接問她『為什麼我一到家妳就趕著回去』。」

「呃，太直接了吧……」

聽到這種問題，應該很難回答吧。

「與其苦苦揣測『這年紀的孩子會如何反應』，我覺得這樣還比較好。畢竟她似乎也不是真的很討厭你，小孩子應該也有他們的想法吧。而且……」

大谷開了個頭，才又繼續說道：

「聽你的描述，我覺得那孩子跟她有點像。」

「像誰？」

「小鳥啊。所以你主動出擊的話，對方應該比較容易開口吧。」

◇

「結衣跟小鳥很像嗎……」

當天打工結束後，結城在回家路上如此心想。

就外表而言，小鳥是標準的黑髮和風美少女，結衣則是混血的金髮碧眼女孩，可說是截然不同。但大谷說的應該是性格方面吧。

這麼說來確實如此。只要對方沒有開口，她們就不會主動跟別人說話。結衣的狀況更離譜，就算找她搭話，她也惜字如金……

「所以由我主動詢問她的內心想法，確實比較妥當……」

說不定結衣也跟小鳥一樣，會把情緒全部藏進心裡。

「不過重新想想，大谷真的很厲害耶。」

只聽結城單方面的描述，就能給出這麼有用的建議。她明明跟結城同年，到底是什麼樣的生長背景，才能讓她說出這種充滿人生歷練的建言……

「……嗯？」

想著想著，結城的視線中出現了跟以往返家時完全不同的畫面。

「喔，這個時間還在營業啊。」

附近的超市還亮著燈。在結城平常的回家時間，這間超市都已經關燈打烊了，但今天結城打工的時間比較短，因此在一片漆黑的夜幕中，超市的燈火依舊通明。

「……對了，我記得小鳥說結衣不喜歡吃甜食，比較愛吃鹹的。」

比起蛋糕，她似乎更喜歡醬油仙貝。

「之前藤井推薦我吃的那一款還不錯，當成伴手禮買回去吧。」

結城今天也想跟結衣聊一聊，必須將她留下來才行。

（為了吸引女兒的關注，特地買禮物回家的爸爸，可能就是這種心情吧……）

雖然與天底下的淒涼父親有了共鳴，結城還是邁步走進超市。

結城很久沒來了，店內擺設更動了不少，他只好到處尋找零食貨架。

「畢竟平常都是小鳥負責採買啊。」

他原本也想在休假時幫點忙，但小鳥一定會在前一天就將所有事情打點完畢。或許是堅持不想讓平日忙碌的結城再為此費心……她似乎也覺得這是理所當然的事。

可能在她的成長過程中，就是一直看著母親盡心扶持職棒選手的父親吧。她真的是個無可挑剔的女友，可以的話真想和她就地結婚。結城是認真的。

「啊，在這裡啊。」

結城終於找到了零食貨架。

他要找的醬油仙貝就放在十分顯眼的位置，包裝上還寫著「去年銷售冠軍」的廣告詞。看來是零食業界的當紅商品，結城也覺得很好吃，於是他拿了兩包準備去結帳。

就在此時。

「……啊。」

他在蔬菜區發現了熟悉的人影。

「……小鳥，我把花椰菜拿過來了。」

「謝謝你，結衣。啊，這顆很新鮮耶，妳很了解呢。」

「小鳥之前說過，頂端的顏色越綠越好吃……」

「呵呵呵，妳還記得呀。謝謝妳。」

說完，小鳥就摸摸結衣的頭。

結衣還是一樣面無表情，卻瞇起雙眼，好像有些開心。

「……真的很像母女檔耶。」

結城低喃道，並往兩人走去。

「嗨，兩位。」

「啊，結城，你回來啦。」

手拿蔬菜的小鳥看著結城說道。

「……（點頭）。」

結衣沒說話，只是輕輕點頭致意。

「喔，今天要做燉菜嗎？」

結城看著購物籃裡的食材這麼問。

小鳥做的燉菜口味較重，淋在白飯上非常好吃。結城以往在家不會把燉菜淋在飯上吃，所以剛開始有些抗拒，但吃了一口他就後悔萬分，覺得以前的自己根本是井底之蛙。

「結城……你來買零食嗎？真難得耶。」

看到結城手上的醬油仙貝，小鳥開口問道。

「嗯？啊，對啊。機會難得，我們一起逛逛吧。」

說完，結城就把小鳥手上的購物籃拿過來，並將仙貝放進去。

「謝謝你。」

小鳥低頭道了聲謝。

「別這麼客氣。結衣，我可以跟妳們一起逛超市嗎？」

「……」

結衣也默默地輕輕點頭。

就在此時。

現場響起一陣「嗶嗶嗶」的手機鈴聲，是從小鳥的衣服裡傳來的。

「啊，對不起，我忘記調成靜音模式了。」

「沒關係。朋友打來的嗎？」

不是跟同學聯絡用的訊息Ａｐｐ通知。會像這樣直接打給小鳥的人其實並不多。

「我看看……」

小鳥看向手機螢幕，結果表情一僵。

「……是爸爸的律師打來的。」

說完，小鳥就萬般歉疚地看著結城和結衣。

「在對方掛掉前趕快接吧，我們等妳。」

「……嗯，等妳。」

結衣似乎也從律師一詞和小鳥的態度略知一二了，便開口這麼說。小鳥輕輕點頭道謝並接起電話，小跑步奔向人煙稀少的休息區。

結城和結衣也移動到休息區附近的內用區，等小鳥講完電話。

「……對喔，是今天啊。」

看著小鳥神色不安地在休息區一隅講電話的樣子，結城才想起這件事。

今天是小鳥的父親，清水浩司的判決日。

小鳥本來想申請旁聽，律師卻說「考量到清水先生目前的心理狀態，若在法庭上看到女兒，可能會一時衝動，當場坦承虐待的罪狀」，阻止了小鳥。

結城不知道最後會如何裁決。雖然查過資料，但他只是個外行人，狀況又有些複雜，不知道哪條判例適用於本案。

最大的問題應該是會不會被判緩刑吧。若判了緩刑，只要刑期間沒有再度犯罪，就不必入監服刑。

結城只希望小鳥不要太難過。

「抱歉啊，結衣，讓妳陪著一起等。」

結城對坐在桌子另一邊的結衣這麼說。

聞言，結衣搖搖頭。

「……我才要說對不起。」

「嗯？妳幹嘛道歉？」
結城不記得結衣做了什麼需要道歉的事啊……
「……因為現在是你跟小鳥的兩人時光，我卻來當電燈泡。」
「咦？妳是這個意思喔？」
結城忍不住直盯著結衣的臉看。
他大吃一驚，萬萬沒想到結衣會有這層顧慮。
（難道說……）
結城決定問問結衣。
「吶，結衣。平常我一到家妳就趕著回去，難道也是不想打擾我跟小鳥的兩人時光？」
結衣點點頭。
「嗯……畢竟這段時間很寶貴吧？」
她理所當然地這麼說。
（……啊。）
結城終於明白大谷那句話的意思了。
小鳥跟結衣確實很像。
她……是個好女孩，只是個會為他人著想的好孩子。
而且她跟小鳥一樣，會把對待他人的關懷與體貼視為理所當然。

「哎，什麼嘛～」

結城深深嘆了一口氣。原來只是杞人憂天罷了。

「……怎麼了？」

「呃，其實我以為妳是因為討厭我，才會在我一到家就趕著回去。」

「……對不起。」

結衣的眉毛比平常垂得更低，顯然很愧疚的樣子。

「不不不，純粹是我自己胡思亂想啦。不過，嗯，幸好沒被妳討厭。」

「……我很喜歡結城啊？」

「喔、喔，是嗎？」

雖然之前也聽小鳥說過「喜歡」這個詞，結城還是覺得有點害羞。

「小心一點啦。妳長這麼漂亮，要是隨隨便便就說出喜歡這兩個字，會讓班上的男生誤會喔。」

「……？好，我會注意。」

結衣點點頭，但還是一副有聽沒有懂的樣子。

「讓你們久等了……」

這時，小鳥也正好講完電話回來了。

她的表情……很遺憾，實在算不上好。

因為是在結衣面前，小鳥比平常更努力不表現出難受的心情，但結城一看就知道她非常沮喪。

（……判決結果不太好嗎？）

結城向小鳥低聲問道。

（好像是三年……沒有判處緩刑。爸爸似乎也不願上訴。）

（這樣啊……）

結城想起曾經在會面時見過幾次的清水的臉。

清水本人或許對判決結果相當滿意吧。

過去讓女兒吃了那麼多苦的清水明明後悔萬分，女兒卻選擇原諒自己。清水之前也說過，這樣反而讓他良心不安。

或許是因為如此，他才放棄上訴爭取緩刑，希望入監贖罪吧。

「好，繼續逛超市吧！」

小鳥有些刻意地提高音量這麼說。

女兒雖然覺得無可奈何，心情上卻無法說放就放。

（雖然結衣也在場，但這種時候實在不必顧慮別人的心情啊……）

結城才這麼心想。

結衣就站起身，緩緩來到小鳥身旁。

「……小鳥。」

「怎麼了，結衣？」

結衣向小鳥伸出自己的右手。

「……手。」

「手嗎？」

「……嗯。」

結衣點點頭。小鳥雖然疑惑，卻還是伸出了左手。

隨後，結衣盡可能地用自己小小的右手握住小鳥的手。

「結衣，妳怎麼突然……」

「……因為小鳥看起來很難過。」

「呃……」

小鳥的表情有些困惑。

「……寂寞的時候，只要有人陪在身邊，妳就會覺得很開心吧？」

小鳥驚訝地看向結衣的臉。

這應該是小鳥在她們私下相處時說過的話吧，結城並不知情。

但結城也充分感受到，結衣竭盡全力想安撫對方難受的心情。小鳥的眼角泛起淚光，並溫柔回握結衣的手。

「……小鳥，溫暖嗎？」

「嗯……」

隨後，結城也帶著溫暖的心情，看著相親相愛牽著手逛超市的小鳥和結衣。

◇

結城一行人採買完畢後便走出超市。

「不過我們運氣真好，居然遇到雞胸肉特價。」

小鳥心情愉悅地說。

「……小鳥，打起精神了。」

「是呀，這都是結衣的功勞。」

小鳥開心地晃了晃和結衣牽著的手。

「……嗯，太好了。」

結衣露出心滿意足的表情說道。

「我也要謝謝妳喔，結衣。」

聽結城這麼說，結衣就看著結城，用空著的手比出大拇指。似乎得意洋洋地說「包在我身上」。

終於有點小孩子的模樣了，讓人會心一笑。

「……」

接著，結衣像是忽然發現了什麼，來回看了看自己比出大拇指的左手和結城的臉龐。

「……機會難得，結城也來吧。」

結衣指著小鳥說道。

「啊，妳說跟小鳥牽手嗎？但小鳥另一隻手沒空啊……」

由於採買的量比預期中多了一些，購物袋放不下，又把一部分裝進塑膠袋裡。

所以總共有兩個袋子，比較重的購物袋由結城拿，塑膠袋則是讓小鳥拿。

「……真傷腦筋。」

結衣這麼說。

「那結城跟結衣牽手就好啦。」

提出這個建議的正是小鳥。

「……可是這樣小鳥就不溫暖了。」

聽結衣這麼說，小鳥面帶微笑地輕輕搖頭。

「結衣，所謂的溫暖不是只有彼此接觸，而是要體會近在身邊的感覺。所以妳跟結城牽手，跟妳牽手的我也算是跟他牽到手了。」

「這理由還真是牽強。」

「哎呀，有什麼關係呢？三個人牽手散步，感覺也很開心啊。」

小鳥笑盈盈地這麼說。這種時候就變成略帶玩心的結城的女朋友了。

「那……」

結衣向結城伸出空著的左手。

「……你不嫌棄的話。」

雖然不太明顯，結衣的表情還是透露出一絲不安，不知結城願不願意牽她的手。

看到她的表情，結城彷彿看到了剛才擔心被結衣討厭的那個自己，忍不住輕笑起來。

「嗯，我很樂意。」

說完，他就牽起結衣的手。

結衣的手雖小，但可能因為體溫較高，摸起來相當溫熱。

「……結城，溫暖嗎？」

「是啊，很溫暖。」

結衣又看向小鳥。

「有，很溫暖唷。」

「……嗯。」

結衣開心地點點頭。

「好，我們回家吧。」

結城這麼說完，三人就邁開了步伐。

此刻正值日暮時分。

地面上延伸出兩個大大的人影，中間還有一個小小的影子。

三道影子牽著彼此的手，呈現出無比溫暖又幸福的模樣。

# 第五話　結城、小鳥與米娜

結衣來到結城家後已經一個月了。

她還是會進出結城的房間，唯獨一件事變得與往常不同。

「我回來了～」

結束今天工作的結城也拖到很晚才到家。

「歡迎回來。」

小鳥帶著笑容出來迎接。

她穿著運動服睡衣出來迎接的模樣，充滿了日常生活感，讓結城有種真的回到家的充實心情。

將外套拿給小鳥後，結城走進起居室，看到結衣坐在床上滑手機。

「……歡迎回來。」

「喔，我回來了，結衣。」

和結城打了聲招呼後，結衣再次將視線轉回手機螢幕。

雖然沒有特地跟結城聊個幾句，卻也沒有要回家的意思。

見狀，結城微微一笑。

沒錯，自從他們三人手牽手回家的那天起，就算結城回到家，結衣也不會趕著回去了。

但她還是會看準時間回自己家去，好讓結城與小鳥睡前可以在床邊牽手溫存。就這一點來看，她確實是個細心又伶俐的孩子。

結城也在不知不覺間，把結衣待在家裡這件事視為理所當然了。

結衣幾乎都在滑手機或寫學校作業，頂多偶爾會跟他一起打電動，因此不會影響到結城讀書的進度。

小鳥在做家事和讀書的時候，通常也是默默獨自作業，所以基本上，三人就是在同一間房各自做自己的事。

但這種感覺讓人十分心安，小鳥和結衣或許也有同感吧。

就算各自忙碌，他們也確實都在彼此身旁。

◇

——某一天晚上。

「不過，結衣在挑魚刺的時候還是要經歷一番苦戰耶。」

「呵呵，結城你一開始也是這樣啊。」

結城和小鳥像平常一樣，牽著手靠在床邊休息。

三人吃完晚餐後，結衣又待了一會兒才回去自己家裡。因此現在才是真正屬於兩人的獨處時光。

話雖如此……

「對了，結衣明天要去校外教學嗎？」

「是啊，明天開始，還要外宿兩天。」

「這麼說來，結衣在學校還好嗎？她話比較少，希望不會被其他同學嘲笑或欺負。」

「她偶爾會跟我說學校的事，感覺滿順利的。你想想，她雖然比較木訥，依舊能確實表達自己的想法。」

「嗯，就算遇到我們這種年紀差距比較大的人，該說的時候她也是會說……呃，我們獨處的時候怎麼都在聊結衣的事？」

沒錯。

最近和小鳥單獨相處時，話題永遠圍繞著結衣打轉。

「簡直像老爸老媽一樣……」

結城這麼說，對自己的行為有些驚訝。

「呵呵，有時候我也會覺得結衣很像我的孩子呢。」

小鳥開心地笑了。

這陣子看到結衣在做家事的小鳥身邊走來走去時，結城確實會有「好可愛啊」、「希望她能健康長大」這種難以形容的心情。

（這就是天下父母心嗎……呃，我也沒真的當過父親，怎麼會了解這種心情啊？）

自己也就算了，但他真的覺得小鳥和結衣很像親母女。

至今為止，結城跟結衣交流的時間並不多。而小鳥放學後都會和結衣在一起，相處時間非常長。

所以小鳥應該會比結城更有感觸吧。

兩人聊到一半時。

叮咚～

玄關的電鈴響了。

「嗯？這麼晚了會是誰啊？現在應該沒有快遞吧。」

結城還沒說完，小鳥就立刻起身準備出去。

見她反應如此迅速，結城不禁感佩：不愧是平常就在料理家務的人。

不過……

「還是我去吧，小鳥。這麼晚了，搞不好是可疑人物。」

「咦？啊，好，謝謝你……」

小鳥的聲音越來越小，不知怎地還有些羞澀。

「妳怎麼臉紅了？」

「不，那個……看到結城挺身保護我，我覺得很帥氣……」

「喔、喔……謝謝妳啊。」

經她這麼一說，連結城都不禁害羞起來。

結城對熱呼呼的臉頰搧搧風，並走向玄關。

當他隔著貓眼往外看時……

「……咦？」

外頭卻空無一人。

有人惡作劇嗎？

結城這麼想，卻還是將房門打開。

「咦？是結衣啊。」

他低頭一看，發現幾小時前剛回家的結衣孤零零地站在那兒。

身上也不是平常那套小鳥曾經讀過的學校小學部的制服，而是圓點圖案的睡衣。她手上還拿著同樣是圓點圖案的枕頭。

「怎麼了？東西忘記拿了嗎？」

結衣搖搖頭，小聲說道：

「……夢。」

「夢？」

「……我作惡夢了。」

惡夢？

結城偶爾也會作惡夢，可是……

「所以，那個……」

結衣緊緊抓住枕頭，似乎難以啟齒。

（……啊。）

原來如此。

結城終於明白了。

（也對。雖然她沉默寡言又堅強踏實，畢竟還只是個小女孩啊。）

結城微微笑著說道：

「進來吧，小鳥也還在。」

「……」

結衣點了點頭。

◇

「結衣！」

看到穿著睡衣的結衣，小鳥有些驚訝地喊了一聲。

「這麼晚了，有什麼事嗎？」

「她作惡夢了，說今天想跟小鳥一起睡。」

「……咦？」

小鳥睜大雙眼看著結衣。

「……（點頭）。」

結衣輕輕點頭。

小鳥似乎比想像中還要吃驚，呆坐在原地好一會兒。

「……呵呵，這樣啊。」

不久後，她就露出發自內心的愉悅笑容。

接著她往床上一坐。

「過來吧，結衣。」

並張開雙臂歡迎結衣。

「……嗯。」

結衣小步走去，整個人撲進小鳥的臂彎中。

「沒事了～我在這裡唷～」

小鳥用溫柔的嗓音這麼說，還摸摸結衣的頭。

「……嗯，對不起，我太膽小了。」

「別這麼說，每個人都會經歷這種事。」

「謝謝……」

結衣將臉埋進小鳥的胸口，小鳥也將那副嬌小身軀緊擁入懷。

（……真的好像母女啊。）

結城有些吃驚地這麼想，心裡卻也不自覺地溫暖起來。

（那我就……）

於是他打開壁櫥拿出棉被。

很久沒動用到這床棉被了，上一次用還是在小鳥準備搬到隔壁前的事。距今已經將近兩個月了，卻像昨天才剛發生似的。

當結城這麼心想時。

「……結城，你在幹嘛？」

結衣從小鳥的胸前抬起頭，對結城問道。

「嗯？我也該睡了，所以要來鋪棉被。今天妳們就睡在床上吧。」

「……」

結衣微微皺起眉。結城讀不出她的表情變化中藏著什麼含意，結衣卻在下一秒——

「……結城，不一起睡嗎？」
說了這句話。
「咦？」
出乎意料的提問，讓結城發出一聲怪叫。
「……」
結衣默默地看著他。
「這樣不太好吧。」
如果是女朋友小鳥也就算了，和這麼小的孩子一起睡，感覺各方面都不太妙吧？
「……」
結衣卻還是不發一語地盯著他看。
感覺能從她的表情中看出一絲不安。
「有什麼關係嘛，結城。」
小鳥開口道。
「小鳥？」
「三個人比較暖和呀。」
她語帶調侃地這麼說。
「……（盯～）」

結衣的視線還停留在結城身上。
「啊，真是的，好啦好啦。」
結城嘆了口氣，並關上壁櫥。
「但三個人睡一張床太擠了吧？」
「擠一擠就好啦。」
說完，小鳥就躺上床翻向牆邊。
「……」
結衣也爬上床，鑽呀鑽地躺在小鳥身旁。
小鳥指著床上的空位。
「來吧，結城。」
並笑容滿面地這麼說。
結衣也順著小鳥的意思，對結城招招手。
「……算了，這樣也好。」
結城總算放棄抵抗，將房裡的燈關了。微弱的月光灑在三人身上。
睡前的準備工作都已經完成了，再來只要閉上眼睡覺就行。
結城也在床上的空位躺了下來。
「還是太擠了啦。」

「那就再靠緊一點吧，結城。」
「結衣，妳沒關係嗎？」
「……嗯，暖一點才好。」
「這樣啊。」
於是結城便乖乖照做，拉近了與她們之間的距離。小鳥的臉就近在眼前，身上還能感受到結衣溫熱的體溫。嗯，這樣雖然有點擠，但應該能睡了。
「棉被蓋一條就行了吧？」
人的肌膚已經相當溫暖了，因此結城用薄被蓋在他們身上。
這麼一來，結衣整個人都被埋進棉被裡了。她在棉被裡不安分地動來動去，才把一張臉探出棉被。
「……結城，會很擠嗎？」
「嗯？啊，沒關係。」
這種時候還會顧慮別人的心情，真是個體貼的好孩子。
結城決定開口問問。
「吶，結衣，現在不會怕了吧？」
「……」
聽結城這麼說，結衣也將臉埋進結城的胸口，就像剛才對小鳥撒嬌那樣。

「……嗯，不怕了，好溫暖。」

「這樣啊……那就好。」

結城忍不住伸手撫摸結衣的金色頭髮，結衣也開心地瞇起雙眼。

隨後，她無比安心地緩緩闔上眼睛。

見狀，結城心中自然而然浮現出這個感想。

（啊，換我來做也能讓她心安啊。）

結城經常看小鳥像這樣摸結衣的頭。

只是結城下班回家後都很晚了，跟她相處時間也不長，所以結城完全沒想過自己做同樣的事也能安撫結衣的心。

……看來只是杞人憂天罷了。

此刻的結衣，已經發出安穩的鼻息聲了。

「……結衣或許比想像中更信任我啊。」

結城看著結衣的睡臉低喃道。

「當然啊。」

隔著結衣睡在結城對面的小鳥也低聲說道，以免吵醒結衣。

「因為結城很溫柔呀。」

「溫柔……有嗎？我覺得自己不是那種人耶。」

「會嗎？」

「妳想想，我在遇見妳之前，每天不是打工就是讀書，根本沒空去想別人的事。」

「啊，原來如此。」

當時他確實忙得不可開交，就像為達目標拚命灌輸努力的機械一般，過著單調乏味的日子。

老實說，除了大谷之外，他甚至記不清班上同學長什麼樣子。

現在卻像這樣跟小鳥和結衣睡在同一張床上。

感覺有些難以置信。

「……不過，結城。」

小鳥開口道，並將自己的手覆在結城摸著結衣頭髮的手上。

「我心目中的你，就是個溫暖善良的人。」

「小鳥……」

「結衣也感受到了。結城，你很溫柔，要對自己有信心。」

小鳥直盯著結城的雙眸說著。

她的臉上寫滿了柔情。

（……哈哈，至少在溫柔這方面，我應該贏不過小鳥吧。）

結城如此心想之時。

「……唔嗯。」

卻聽到了這種聲音。結衣似乎又被惡夢嚇到了。

「結衣又作惡夢了嗎？」

這次換小鳥輕撫結衣的背，過了一會兒，結衣才又平靜下來。

「……真不愧是媽媽。」

「討厭，只是碰巧啦。」

小鳥輕笑著回應結城的玩笑話，結果結衣喊出一聲：

「……媽媽。」

隨後，她又發出深沉平穩的鼻息。

「……」

「……」

結城和小鳥互看著彼此。

「……對了，結衣的父母是什麼樣的人呢？」

事到如今，這個疑問才浮上心頭。

「小鳥，妳有聽她說過嗎？」

「……沒有。」

小鳥搖搖頭。

「但她說過爸爸不在了。」

「……這樣啊。」

這麼小的女孩子，居然也跟結城和小鳥一樣，經歷過至親亡故的痛苦。

「父母啊……」

結城低聲呢喃道。

◇

對結城而言，父母親就是「不斷干預自己的存在」。

尤其是他的爸爸。結城還在媽媽肚子裡時，爸爸就天天叨唸著「這小子以後要當職棒選手」這種落伍的話。而且結城一出生，他就立刻實行這個計畫。

第一次從爸爸手中拿到玩具棒球，是結城一歲的時候，隔年他就揮著玩具球棒了。四歲那一年，爸爸就帶他到附近的公園天天練習。

爸爸的嚴厲訓練毫不馬虎，甚至在結城寫作業的時候——

『這麼閒的話，把這些也看一看吧。』

說完，爸爸就把職棒選手的傳記、棒球技術和運動科學的書籍拿給他。在這種訓練之下，當七歲的結城加入少棒聯盟時，還因為動作太過完美，對棒球知識又瞭若指掌，把教練嚇得目瞪口呆。

所幸結城自己也不討厭棒球，雖然過程的確非常艱辛，但結城並不引以為苦。然而如今回想起來，這個老爸確實很不講理。

若在不同國家，這種程度可能會被視為過度干預，侵害兒童的人權吧。反觀結衣的母親……

跟結城的爸爸可說是完全相反。

完全不回家的父母，對結城來說簡直像另一個世界的存在。

所以他根本無法想像結衣的母親到底是什麼樣的人。

只聽說是某間公司的社長……

但萬萬沒想到，結城比想像中還要早就和她見面了。

◇

和結衣及小鳥三人並排入睡後的隔天。

這天是星期六，結衣去參加學校的校外教學了。

結城和小鳥一如往常地吃著早餐。

今天學校放假，結城的工作也是接近中午才開始，所以可以悠閒地和小鳥一起用餐。

就在此時。

叮咚～

門鈴響了。

「這麼早會是誰啊？」

結城放下筷子準備走向玄關，小鳥卻早一步站了起來。

「啊，那就麻煩妳了。」

小鳥自然地勾起笑容點點頭，便往玄關走去。

昨天結衣來的時候也是如此，在這種時候，平常都待在家裡收快遞的小鳥動作還是俐落多了，結城根本沒得比。

家事也都由她一手包辦，不知不覺中，結城覺得自己在家裡變成大男人主義的臭老頭了。

（……下次再買點小鳥愛吃的東西回來吧。）

沒時間又不會做家事的男人，只能做出這種可悲的選擇。

當結城如此心想時。

——咦？啊，是，我才該道謝。

玄關傳來了小鳥誠惶誠恐的聲音。

隨後，小鳥走回起居室對結城說：

「結城，結衣的媽媽來了。」

「……咦？」

◇

「哈囉～你就是結城吧。」

這位金髮女性用沙啞而低沉渾厚的嗓音，喊了結城的名字。

看起來比想像中還要年輕，大概不到三十五歲吧。

「幸會，我是堀井米娜，請多指教。」

結衣的母親米娜伸出右手這麼說。

「您客氣了。我是結城祐介。」

結城也握手回禮，同時看著米娜。

（……她就是結衣的媽媽啊。）

結衣的母親是百分之百的外國人。

身高比結城還高，手腳也十分修長。胸部豐滿到將紅色套裝撐得緊緊的，腰圍卻相當緊實，完美的比例堪比藝術品。還有一頭亮麗十足的淡金色長捲髮。深邃又帥氣的五官，也充滿了活力與自信。

身上同時存在著極致的性感，和難以親近的強勢氣息。
若用一句話來形容，大概就是「能幹的外國女老闆」吧。
「我從負責照顧結衣的冰堂那裡聽說了，不好意思，這麼晚才登門拜訪。不過……」
米娜面帶微笑，來回看了看結城和小鳥。
「你們在同居嗎？這年頭的高中生還真前衛啊。」
「不，小鳥住在隔壁。」
其實除了睡覺時間以外，小鳥幾乎都待在結城家裡，基本上也算同居了。
而且前不久更睡在一起，偶爾也會同床共枕。
還是先別說出她女兒也跟我們一起睡的事好了。
「這不重要啦。來，拿去。」
米娜從懷裡拿出一個信封袋。
「這是？」
「結衣的生活費啊。她來叨擾好幾次，你們甚至留她一起吃飯吧？」
「啊～只是多煮一份小孩的飯菜而已，負擔沒那麼重啦。」
結城本來就有在打工，就算加上小鳥的餐費，他依舊能存上一筆錢。
「哦，這麼寡欲啊？話雖如此，我也不喜歡一直欠人情，你收下這筆錢，我也比較輕鬆。」

說完，米娜就再次將信封袋遞給結城。

「……那就不客氣了。」

道了聲謝後，結城就準備收下信封袋。

（呃，好厚，感覺不只一二十萬吧。）

拿著信封袋的手卻感受到沉甸甸的紮實重量。

「抱歉，這太貴重了，我實在不能收。」

「你真的很謙虛耶。這樣吧，總之這個月先給你這點，如何？」

米娜從信封袋中拿出五張左右的鈔票給結城看。

「也好，這些就夠了。不好意思，我明明是收錢的一方，卻盡說些大話。」

結城低著頭收下了錢。

「哎呀～我才失禮呢。你年紀雖小，感覺卻很可靠呢，真了不起。」

米娜揮揮手笑著說。真是個坦率隨興的人。

「我也要謝謝您。」

小鳥也低頭道謝。

她看著結城收下的錢說：

「但只用在結衣的餐費上，感覺還會剩下不少耶……對了結城，下次買點高級的肉回來，跟結衣一起吃壽喜燒吧？」

「喔，這主意不錯。結衣也喜歡這種分量十足的菜吧，她應該會很開心。」

「……哦？」

米娜再次看向結城和小鳥，有些佩服地低吟了一聲。

「怎麼了嗎，米娜小姐？」

「不……看你們這麼開心地討論『結衣可能會喜歡的東西』，看來你們真的很為結衣著想呢。雖然聽冰堂說過了，但我真是甘拜下風了。感覺你們比我還像父母親呢。」

米娜雙手環胸地沉吟道。

「但老是受人恩惠也挺不好意思的……」

「不，您不必放在心上。」

「是呀，我們也是出於自願才這麼做的。」

「好，不然這樣吧！」

米娜「啪」的一聲拍了拍手。

「你們下次休假是什麼時候？我請你們吃晚餐，當作照顧女兒的謝禮和促進鄰居感情吧。直接給一大筆錢你們也不敢收，但這樣總行了吧？」

這番氣勢洶洶的發言，讓結城有些震懾。

該說她果然是縱橫商場的生意人嗎？

「是，這樣的話……」

結城看了小鳥一眼。

小鳥也輕輕點頭，表示「我也同意」。

「請您稍等一下。下次排休是什麼時候啊……」

結城打開手機的日曆App確認行程。

「我看看，希望是我也能騰出時間的日子……哇，太誇張了吧。」

米娜在一旁看著結城的預定行程，驚訝地說：

「你真的是高中生嗎？這個月連一天完整的休假都沒有耶。」

「米娜小姐不也是這樣嗎？」

「呃，是沒錯啦……」

米娜的表情有些吃驚。

「明天傍晚以後好像正好有空耶，那時候我也挪得出時間。」

「但結衣還在校外教學，還沒回來呢。」

聽結城這麼說，米娜歪著頭問：

「嗯？結衣？」

「是啊，可以的話，希望結衣也能來，四個人一起吃頓飯。」

「啊……原來如此。嗯，只是我其他時間都不太方便耶，雖然結衣不能來有點可惜，但可以的話，希望還是訂在明天吧。」

米娜此時的口氣跟方才截然不同，感覺有些含糊。

（……這樣啊，她應該很忙吧。）

雖然對結衣有些抱歉，但這次就只有我跟小鳥接受款待了。

「那就說定嘍。經理那邊可能會有點趕，但我還是馬上訂位吧。」

於是，結衣母親的晚餐邀請就這麼突然地定案了。

◇

隔天。

在傍晚前完成讀書和工作的進度後，結城和小鳥一同走出家門。

雖然米娜說「隨便穿就好」，但感覺會帶他們到相當高級的餐廳吃飯，所以結城跟小鳥決定穿制服赴宴。

兩人來到了跟米娜約好的地點——住家附近的超商。

結城他們住的公寓雖然也有住戶專用的停車場，但場地不大，附近車流量又大，所以還是約在離家最近的這間超商比較方便。

等了約莫十分鐘，米娜的車就來了，只是……

「……天啊，我第一次看到黑色的高級車耶。」

就是電影或連續劇中會出現，車身還亮晶晶的那種。

「我也很久沒看到了……」

小鳥低聲喃喃。

「很久？」

「是啊，因為爸爸以前會搭這種車。但自從媽媽出車禍後，爸爸就不再開車，好像賣掉了。」

原來如此，不愧是曾經在一軍大顯身手的前職棒選手。

「哈囉～結城、小鳥。來，快上車。」

米娜從副駕駛座的車窗探出頭，向他們招手。

結城雖然傻在原地，但聽她這麼一說，便急忙坐進車裡。

（……座椅太舒服了，反而讓人渾身不自在。）

結果心中卻浮現出這種小老百姓的窮酸感想。

座椅實在太柔軟了，反而讓他覺得很奇怪。

「那就麻煩妳了，冰堂。」

「遵命，社長。」

坐在駕駛座的，是之前和結衣在門外等候時打過照面的那個一本正經的女人。記得好像叫冰堂吧，應該是米娜的祕書之類的。

不過，從這輛黑頭車、祕書和社長這個稱呼來看……

「……米娜小姐應該非常有錢吧？」

「普普通通啦。」

米娜帶著一抹笑容這麼說。

就結城這種平民來看，米娜的有錢程度應該遠超過「普通」等級了，但在富產階級中，或許也是人外有人天外有天吧。

結城決定將一直很好奇的事情問出口。

「那為什麼要搬到這種公寓來呢？」

結城和小鳥住的這間公寓算不上老舊廉價，但也只是結城靠優待生租金補助能住的程度而已。

「因為離公司最近，又可以馬上入住，而且離結衣的學校也近。」

「原來如此。」

「再說，我又不常回家，所以不想在住的地方花太多錢。話雖如此，畢竟還有結衣，我也曾因為安全問題考慮過稍遠一點的電梯大樓，結衣卻說『……距離近的話住這裡就好』。」

說完，米娜笑著聳了聳肩。

結城不禁想起結衣凝視著手機畫面的模樣，感覺她確實對住家大小沒什麼要求。

「各位，車要開了，別忘了繫上安全帶。」

隨著駕駛冰堂的冷徹嗓音，高級車也穩穩地往前駛去。

◇

結城雖然被米娜的高級車嚇得目瞪口呆，但來到目的地後，他又再次受到了驚嚇。途經高速公路後抵達的場所，是高樓層的飯店餐廳。

「……好、好高，脖子都要痛起來了。」

結城抬起頭，仰望聳立在眼前的這棟高樓飯店，甚至數不出到底有幾層樓。

「是呀。」

小鳥這麼說，反應卻不像結城如般震撼。

一問之下……

「嗯，小時候我有跟媽媽來過這種地方。」

似乎是如此。

從剛才在車裡聊過的話題來看，小鳥的父親和小鳥的母親結婚後，就變得相當節儉，頂多只會買車而已。或許那一趟是球隊獲勝的慶功之旅吧。

「哈哈哈，好了好了，你們別愣在這裡，趕快進去吧。現在就嚇呆的話，你們要怎麼撐到上菜啊？」

米娜熟門熟路地走向飯店入口，跟仰望高樓目瞪口呆的庶民代表結城截然不同。

結城和小鳥也連忙追在兩人身後。

◇

「天啊，是最高樓層耶。車子看起來居然那麼小……」

剛才還是抬頭仰望，現在卻要低頭俯瞰了。

高樓大廈這種建築對脖子還真不友善。

「歡迎您大駕光臨，米娜小姐。」

結城一行人走進餐廳後，看似餐廳經理的人就上前招呼。

「嗨，經理，好久不見了。三樓場廳的活動好像很順利呢。」

「是的，承蒙米娜小姐的寶貴建議。」

「沒這回事。點子這種東西誰都能想，根本沒什麼價值，實際運用落實才是其價值所在。」

「聽您這麼說，我們更有信心了。今晚請您和兩位朋友盡情享用餐點。」

語畢，經理就用優雅的動作對結城等人行了個禮。

結城也不禁鞠躬回禮。

仔細想想，對店家來說，結城一行人是座上賓，這種時候或許只需點頭示意即可。但他不過是個高中生，實在不習慣這種ＶＩＰ式的待遇。

所以他的態度也忍不住謙恭起來。

只見小鳥也停下腳步，跟經理一樣深深彎腰鞠躬。

被她如此禮貌地回禮，經理也有些惶恐。

雖然小鳥見識過這種場面不下數次，但這方面還是很有她的作風，讓結城忍不住笑了。

在經理帶領之下，結城一行人在鋪設了純白桌巾的桌位入座。

「來，別客氣，盡量吃吧，這裡的餐點味道我可以掛保證。可惜不能拿酒單給你們，但其他飲料可以隨便點。」

「謝謝……對了，我們穿制服來沒關係吧？」

「有些人可能會介意吧，但我根本不在乎那種小事。就算你們穿家居服或運動服過來，我也沒差。」

「我們倒是挺在意的……」

聊著聊著，餐點也陸續上桌了。

（呃，這要怎麼吃啊？）

結城老家的餐桌禮儀，頂多只有「大聲喊出開動，吃得津津有味，懷著感恩的心說吃飽了」而已。

這幾支排列整齊的刀叉，應該是從最外面的開始用起吧？

米娜沒理會結城的困惑，馬上用熟練的動作將料理送進嘴裡。

「我要開動了……嗯，還是這麼好吃！」

米娜心滿意足地說，並將倒進玻璃杯的紅酒一飲而盡。

看來她是會把食物吃得津津有味的人。以結城家的禮儀來說，算是無可挑剔了。

米娜看似豪放不羈，卻依然遵守餐桌禮儀。

結城往旁邊看去。或許是因為事隔多年，讓小鳥沒什麼自信，不過她的用餐動作雖然略顯僵硬，卻依舊相當得體。

（啊，小鳥吃飯時的動作會這麼優雅，就是從這種地方培養出來的吧。）

總而言之，結城決定模仿小鳥及米娜的動作，將料理送入口中。

陸續上桌的那些菜餚，都有長到不行的英文菜名，結城根本看不出是哪一國的料理。

至於味道……

（原來如此，確實很美味。）

老實說，結城還以為這種餐廳只注重氣氛和待客之道，味道可能會不如預期，然而實際品嚐過後，才發現完全不是這麼一回事。

服務生動作優雅地將料理上桌，結城一一品嚐後，感覺那些經過縝密計算的調味魔法漸漸融入舌尖。

好吃自然不用說，「吃起來還很有趣」。用餐彷彿變成了一種娛樂。結城往旁邊一看，和小鳥對上了眼。

用餐期間，小鳥也無比驚訝地瞪大了雙眼。看樣子這些餐點在高級餐廳中也算是相當優秀的了。

看了結城和小鳥的反應，米娜露出了愉悅的笑容。

「呵呵呵，怎麼樣，好吃吧？」

她的臉上似乎寫著「洋洋得意」四個大字。

「是啊，非常好吃。」

「……我也這麼認為，真令人驚豔。」

「對吧對吧。我覺得這裡的菜是全日本最好吃的。」

米娜的嗓音興奮至極，就像惡作劇成功的孩子。

外表明明是高冷帥氣的能幹女社長，卻有如此反差，讓人覺得有點可愛。

「這應該也是我目前為止吃過最好吃的……」

小鳥這麼說。正因為她懂烹飪，才能了解這家餐廳的主廚有多高明吧？

「我也覺得……雖然稱不上第一啦。」

「哦？結城，你知道比這裡更好吃的餐廳嗎？」

「咦？啊～不是……」

結城搔搔臉頰心想：糟糕。

不小心把沒必要搬上檯面的事說溜嘴了。

「什麼啦？真讓人在意。」

「我也有點好奇。」

連小鳥也這麼說。

「請客人務必告知，好讓我增廣見聞。請問是哪間餐廳的哪一道料理呢？」

居然連隨侍在側的餐廳經理都跟著問了起來。

三人紛紛將目光投向結城。看來是避無可避了。

（……算了，說出來也無所謂吧。）

「那個……」

結城看向小鳥，小鳥則不解地歪過頭。

「……是小鳥做的咖哩和鍋燒烏龍麵。」

「真、真是的，結城，你在說什麼啦！」

小鳥頓時滿臉通紅地摀住嘴，還用空著的那隻手猛拍結城的肩膀。

「哎唷，我真的這麼認為嘛。」

小鳥做的咖哩，確實完美抓住了結城的所有喜好。而鍋燒烏龍麵則是小鳥第一次親手做給結城吃的料理，現在只要吃到鍋燒烏龍麵，就會讓結城再次感受到當時那份喜悅。

結城看向米娜。

米娜不停眨著眼睛，驚訝地盯著結城和小鳥好一會兒。

「哈哈哈哈哈哈哈！」

然後捧腹大笑起來。

「真是敗給你了。你說得沒錯，這裡的料理再怎麼好吃，應該還是贏不了那兩道菜吧。哎呀～真不好意思，我居然隨隨便便就說這間餐廳是全日本第一。經理，你聽見了吧？你們還有待精進呢。」

神情和藹的經理露出了會心一笑。

「是，您說得沒錯。主廚們還得再進一步探討研究才行。」

還如此打趣道。

「呃，我不是這個意思啦。應該說，我只是覺得小鳥做的菜太好吃了。這間餐廳的口味，是繼小鳥的料理之後最頂級的。」

結城用非常認真的口氣這麼說，讓米娜再度拍手大笑起來。

「……討厭，我不管了啦。」

面紅耳赤的小鳥，開始吃起眼前那盤淋上白醬的漢堡排。

◇

「哦，所以妳小時候住在紐約啊？」

「是啊。小時候的樂趣之一，就是看電視轉播的洋基隊比賽呢。公司草創初期，我也常去附近的打擊場紓壓。下次我一定要打打看結城投的球。」

在那之後，結城意外得知米娜也喜歡棒球，於是兩人在用餐期間聊得不亦樂乎。

「……呼。不過，這裡的夜景也很美啊。」

用餐告一段落時，結城再次望向窗外。

剛才他被餐廳所在位置的高度嚇呆了，沒能好好欣賞，但高樓大廈的燈火通明，照亮了夜晚的街市。

「對吧？我雖然每天都很忙，但就是因為賺得夠多，才能在想吃的時候來這裡吃飯。只要這麼想，感覺就沒那麼糟了。」

話雖如此，米娜在用餐時間仍三句不離工作，看起來相當開心。

可見她是打從心底熱愛工作吧。

「但也因此沒時間回家，讓女兒一個人孤零零的。我真想對世上那些努力育兒的媽媽們致上最高敬意。要在工作和生活中取得平衡，就得把自己燃燒殆盡才行……雖然我這人不太正經，但希望未來還是好好相處，當個好鄰居吧。」

說完，她有些故意地低頭鞠躬。

「別、別這麼說。就算您沒開口要求，我們一定也會這麼做。」

雖然一看就知道米娜是在開玩笑，但小鳥還是不習慣被人低頭懇求，有些驚慌失措。另一方面，結城不經意地說：

「不過，只做出足以應付生活的努力，應該沒辦法在這麼競爭的社會中生存吧。」

這真的只是一句無心之言。

「……」

「……」

「……妳們怎麼都不說話？」

小鳥回答他：

「該怎麼說，那個……很像你會說的話呢。」

「什麼意思？」

結城不明所以地歪著頭問。

他只是說了理所當然的一句話啊……

「呵呵呵、哈哈哈！我在你這種年紀的時候，也能說出這種話嗎？」

米娜的情緒忽然飆到最高點，還往結城的背用力猛拍。

「好痛啊，米娜小姐。」

米娜用十分認真的眼神問道：

「嗯……結城，你這小子真不錯。畢業後要不要來我們公司上班？」

「咦？呃，謝謝妳的賞識，但我以後想當醫生。」

「啊～是喔？真可惜。」

不知為何，米娜對結城特別欣賞。

◇

「我們已經～掌握了自由～英勇的戰士們～光榮凱旋吧～♪」

離開餐廳後，米娜在回程的車上開心地哼著歌。

她唱的似乎是公司最近發行的遊戲主題曲。這麼說來，結城好像有在看影片的時候瞄到遊戲廣告。

「您很開心呢，社長。」

回程時同樣負責駕駛的冰堂語氣平淡地說著。

「哈哈哈，難得見識到年輕人的力量嘛。到我這個年紀，碰到這種事當然會開心啊。」

米娜雀躍地這麼說，又再度唱起歌來。

結城和小鳥聽著米娜的歌聲，感受著車輛行駛間的微微晃動，不知不覺就回到了超商的停車場。

「到了。兩位辛苦了。」

冰堂拉起手煞車，轉頭對結城他們這麼說。

「今天謝謝妳的招待，餐點非常美味。」

結城對米娜鞠躬致意。

「也要謝謝冰堂小姐開車接送。」

小鳥則對冰堂道謝。

「這是我的工作……無須多禮。」

冰堂將滑下的眼鏡扶正並這麼說。

米娜對結城說：

「別這麼說，能跟滿腔熱血的年輕人聊天，我也覺得活力十足呢。下次有時間的話，要再跟我吃頓飯喔。」

「啊，好，謝謝妳。」

「……嗯？怎麼了結城？如果不太想來，可以拒絕下次的邀約啊？」

米娜似乎發現結城若有所思，便如此說道。

其實在吃飯的時候，結城就對某件事耿耿於懷了。

「啊，我不是這個意思……嗯，不過也對。」

雖然有些猶豫，結城還是試著問了：

「妳說妳很常去那間餐廳。」

「是啊。」

「有跟結衣一起去過嗎？」

「啊～」

米娜有些傷腦筋似地搔搔頭髮。

「不，我沒有帶結衣去過。」

結城心中隱約有這種預感，看來他猜得沒錯。

「為什麼不找結衣一起去呢？」

所以，雖然覺得自己有點雞婆，結城還是把這個問題拋給米娜。

這問題或許有點敏感，但想到那天晚上結衣在棉被裡喊著「媽媽」的模樣，結城就壓抑不住想問的心情。米娜有些為難地搔搔頭髮後……

「嗯～哎，身為父母說這些話實在很窩囊……」

米娜說出的下一句話，完全超出了結城的預料。

「但結衣好像不太喜歡我啊……」

「咦？」

結城不禁愕然。

「我覺得沒有啊……」

「不不不，這是真的。之前她在看遊樂園的冊子，我問她：『要不要帶妳去？』卻被她拒絕了。」

「真的嗎？」

結衣看似冷漠，基本上不太會拒絕別人。既然結衣都開口拒絕了，那或許真的是這麼一回事？米娜拍拍結城的肩膀說：

「所以我才這麼感謝有你們這些被結衣喜歡的人。可以的話，往後也麻煩你們費心照顧結衣了。」

「這……這是當然。」

「那我先告辭了。我還有一些工作想先處理。」

留下這句話後，米娜關上車窗，車子便駛離了現場。

◇

「……呼。」

回到家後，結城嘆了口氣。

「你很累嗎，結城？」

「嗯？啊，晚餐是很好吃啦，但我真的不太習慣去那種高級餐廳。」

外面天色已經完全暗了，卻還是比結城平常回家的時間早一些。以往他回到家後就會馬上洗澡，今天他決定再讀一點書。

結城從書包裡拿出讀書用品並說道：

「不過，小鳥妳好像很熟悉啊，餐桌禮儀也十分得體。果然是小時候因為清水的工作關係常去那種地方嗎？」

另一方面，小鳥在廚房沖泡兩人份的熱茶。

「這也是原因之一，但我媽媽也是講究禮法的人，我從小就耳濡目染了。」

並如此答道。

這麼說來，結城才發現自己從沒細問過小鳥母親的事。

「小鳥，妳媽媽是有錢人家的大小姐嗎？」

「嗯，可以這麼說吧？聽說她一直都是鄉下地主的女兒。」

「是喔。」

「聽說」這個詞背後隱藏的涵義，似乎相當複雜。

小鳥被父親虐待的時候，確實也沒有其他親戚伸出援手。

「來，結城，請用。要認真讀書喔。」

小鳥將茶放在結城的書桌上。

「啊，謝謝妳。」

……也罷，這方面的事以後再找機會問問看吧。

現在小鳥應該很幸福，這樣就足夠了。

所以，結城決定將「此刻」在意的疑問說出口。

「……對了，小鳥。」

「是，怎麼了嗎？」

「剛才米娜小姐說的那些話，妳有什麼看法？」

小鳥將自己的茶杯放在桌上後說：

「你是說，結衣似乎不太喜歡米娜小姐這件事？」

結城點點頭。小鳥不發一語地沉思了一會兒，並在桌邊坐了下來。

「這個嘛……畢竟我跟結衣都不會主動開口，所以沒聽說過這件事。但結衣不太會拒絕別人，若她拒絕了米娜小姐的遊樂園邀約，應該有什麼隱情吧。」

看來小鳥跟結城的想法一致。

「但我覺得，結衣不是那種隨隨便便就會討厭別人的人。」

「我也這麼認為。米娜小姐雖然有些強勢，看起來也不像壞心腸的人，結衣應該不會討厭到想躲避她的程度。」

這下子結城越來越不解了。

「結果到底是怎麼回事？結衣是想跟米娜小姐在一起，還是不想呢？」

「她們之間的關係確實令人在意呢。」

「是啊。不過妳想……」

結城望向遠方。

「畢竟父母親不可能陪著自己一輩子。親子之間一定會有摩擦，但我覺得在有生之年……還是該好好相處。」

他這麼說。

還想起了父親生前那道近在耳邊的怒罵聲。

結城將小鳥送來的茶啜飲一口，發出「呼」的一聲嘆息。

「還是我們直接問問看？」

小鳥拋出這個提議。

「咦？問誰？」

「問結衣啊。」

「啊，原來如此……」

這的確是最快速簡單的方法。

這麼說來，當時懷疑結衣在躲著自己時，大谷也對他說了同樣的話。

「也好，等結衣回來就問問看吧。雖然可能是我多管閒事……啊。」

真是個壞習慣。

回想自己剛才說的這句話，結城忍不住這麼想。

剛才在超商前想跟米娜詢問結衣的事情時，他也為此所苦。

因為結城的爸爸過度干預他的人生，導致他想關心別人時，總會擔心：「是不是我太多管閒事了？」

若自己是真的為對方著想，大可不必在意這些小事，放手去做就行……總覺得這樣的自己有點遜。

當他這麼心想時。

「至少我不認為結城是在多管閒事。」

小鳥愉悅地揚起笑容這麼說。

「正因為有你的關心，我才能得救呀。要對自己有信心。」

「小鳥……」

小鳥露出一抹微笑，筆直的目光中沒有一絲虛假。

看著她的笑容，先前心中那些細微的不安與恐懼全都煙消雲散了。

「明天就來吃邀約吃飯時說的壽喜燒吧。吃著美味的食物，可能會比較容易開口。」

看著小鳥闔起雙手開心地這麼說——

（……啊，有小鳥這個女朋友，我真的太幸福了。）

結城不禁如此心想。

◇

隔天。

結城比平常更早結束打工，一下班就用略快的步伐趕回家。打開玄關門鎖後，他幾乎是用跌進去的氣勢衝進家門。

「……我回來了！抱歉，比之前說的時間晚了一些。」

「沒關係。結城，工作辛苦了。」

小鳥來到玄關口並說道。

「已經準備好了，結衣也在等你喔。」

「喔，這樣啊。」

於是結城脫下鞋子，將外套遞給小鳥後，便往起居室走去。

隔了兩天不見的結衣就在那裡。

「……歡迎回來，結城。」

她身上還是平常那套貴族女校小學部的制服。

「喔。校外教學這幾天還好嗎？」

「……嗯哼。」

說完，結衣就用纖細的手臂擠出二頭肌。

看來過得不錯。但完全看不出二頭肌就是了。

似乎沒有因為校外教學而疲憊，身體狀況也很不錯。

「呵呵……她對你說『歡迎回來』呢。」

小鳥將結城的外套掛上衣架，語氣雀躍地這麼說。

「嗯？什麼意思？」

「這代表她把這裡當成自己家呀。」

啊，原來如此。

結城點點頭表示理解。

（這麼一想，確實有點開心。）

不過小鳥還真厲害，居然能從這種小細節裡找出喜悅的要素。

「……好，趕快開動吧。」

桌子正中央擺著一口大鍋，圍在一旁的是蔬菜和豆腐這些食材和雞蛋。其中存在感最強的，就是比平日的食材更加豪華的霜降牛肉。

今天的晚餐是壽喜燒。

◇

不知該說意外還是意料之中，起初結衣對大家圍在鍋邊這種用餐型態相當困惑。

問了才知道，她是第一次這樣吃飯。

直到小鳥對她說「想吃什麼就夾什麼，但蔬菜跟肉要均衡攝取喔」，她才終於主動將筷子伸向大鍋。

但吃了一口後，她似乎很喜歡，便默默地吃了起來。

順帶一提，小鳥做的壽喜燒雖然是相當經典的牛肉鍋風味，醬汁卻是自製的，味道比平常吃的那種更加清爽可口。

簡單來說，就是非常好吃。即使用油花豐富的高級肉片，也能讓人一口接一口。看得出結衣也吃得陶醉其中。

（不過……）

結城再次陷入沉思。

既然是第一次像這樣圍著大鍋吃飯，表示結衣果然跟自己不一樣，不是在有雙親陪伴的家庭中長大的孩子。

先前知道小鳥幾乎沒吃過垃圾食物時，結城也相當驚訝。對他來說，簡直就像另一個世界的事。

而第一次吃壽喜燒的結衣——

「……小鳥，我可以吃幾個蛋？」

「家裡還有很多，妳就盡量吃吧。」

「……！」

似乎非常開心。

小鳥也被傳染了似的，從剛才就一直很高興的樣子。見狀，結城也不禁會心一笑。

（……所以她跟米娜小姐的關係才令人在意啊。）

至少像這樣跟別人相處時，結衣能感受到快樂，這點無庸置疑。既然如此，平常應該就會想跟家人在一起吧？

也難怪結城會這麼想。

「……對了，結衣。」

「……？」

吃著蒟蒻絲的結衣疑惑地看向結城。

「其實昨天，我跟小鳥和米娜小姐……和結衣的媽媽吃過飯了。」

「……」

聽結城這麼說，結衣拿著筷子的手便停了下來，目不轉睛地看著結城。

她的表情相當複雜，讓結城看不出是驚訝還是悲傷。

「當時米娜小姐跟我們說，之前她找妳去遊樂園，妳卻拒絕了。那個，該怎麼說……是某些原因讓妳不想跟媽媽在一起嗎？」

「……」

結衣放下筷子。

隔了一會兒，她才輕輕搖搖頭。

「不是嗎？」

「嗯……」

那為什麼要拒絕呢？

結城正想這麼問——

結衣就小聲低喃道：

「……工作。」

「工作？」

結衣稍稍低下頭說：

「……因為媽媽那天也要工作，我怕她會累。」

聽了結衣這句話，結城和小鳥望向彼此。

（……原來是這樣。）

簡單來說，嗯，她果然是個好孩子。

結城伸出手摸摸結衣的頭。

「結衣，妳真了不起。」

「……？」

結衣一臉呆愣，似乎不知道自己為什麼被稱讚。

「還有，妳果然跟小鳥一模一樣。」

說完，結城看了小鳥一眼。

「我才不像她這麼乖巧呢。」

小鳥也伸手撫摸結衣的頭。

被兩人摸著頭的結衣雖然困惑，卻也很開心的樣子。

「結衣，妳聽我說。」

小鳥對結衣說道。

「妳個性乖巧體貼，這是好事，但我覺得妳可以再任性一點。不只是妳，大家都能變得幸福喔。」

「……任性一點？」

「是呀，沒錯，這很重要。這個道理是那位超級好男友告訴我的。」

「……結城？」

「嗯。當時的畫面，我到現在都記得很清楚，這輩子肯定都不會忘記。他說『這就是耍任性的方法』，他那天真的好帥喔。」

小鳥有些陶醉地這麼說。

結衣將目光轉向結城。

（……太丟臉了啦。）

現在回想起來，結城也覺得當時的發言相當丟人現眼。但那些全都是真心話，所以他一點也不後悔。

「先不談我的事了。所以結衣，如果妳想跟米娜小姐一起出去玩，可以直接說出口啊。」

結城如此提議。然而……

「……（搖頭）。」

結衣卻搖搖頭。

「……我不想妨礙媽媽工作。」

「啊～呃，剛剛小鳥也說過了，小孩子偶爾可以耍點任性，我相信米娜小姐也能理解喔？」

「……那也不行。」

結衣搖搖頭，堅決否定結城的話。

事態至此，她卻意外固執。

（我知道她是個好孩子，但未免太乖了吧。）

「……結衣，妳果然跟小鳥一模一樣。」

結城說出心中感想。

「是啊……」

這次連小鳥也認同了。初來乍到時，在結城工作的期間，小鳥甚至不敢讓自己好好休息。

「……吶，結衣。」

小鳥用寫滿溫柔的表情說：

「妳不想妨礙媽媽工作，對吧？」

「……嗯。」

「結衣的媽媽很努力呢，感覺忙得不可開交。」

結衣點點頭，頭卻依然低垂著。

「妳對這樣的媽媽有什麼感想？」

「……我覺得，她很厲害。我也是靠媽媽賺的錢在生活。」

「妳喜歡媽媽嗎？」

「……嗯。」

結衣點了兩次頭。

聞言，小鳥微微一笑。

「那妳要不要把這份心意告訴她呢？」

「……心意？」

結衣抬起頭看著小鳥。

「沒錯。告訴她『我最喜歡媽媽了。媽媽總是認真工作，我非常尊敬妳。謝謝妳養育我長大』。」

「……我沒說過這種話。」

「但妳就是有這種想法，才不願意妨礙她工作吧？」

「……嗯。」

「可是，如果這是妳的真心話，還是要告訴媽媽比較好，這樣她也會很開心。結城每天對我又是感謝又是稱讚，至少我覺得很高興，才能每天都鼓足幹勁。」

被小鳥這麼一說，結城變得有些害羞。

他並不是想逗小鳥開心才跟她道謝，但既然自己的感謝能讓她這麼開心，結城決定未來也繼續這麼做。

「結衣的媽媽一定也是這樣。妳不會妨礙她的工作，反而會讓她更有幹勁工作。」

「……真的嗎？」

「是啊，放心吧。米娜小姐一直都很掛念妳，她一定會很開心的。」
「……」
結衣默默地看著小鳥的臉。
接著又看向結城。
結城也默默點頭，表示他跟小鳥的想法一致。
於是結衣緩緩拿起手機，按了按螢幕。
「怎麼了？」
聽了小鳥的疑問，結衣答道：
「……我問冰堂小姐，媽媽下次什麼時候有空。」
「喔，妳是下定決心就馬上行動的人啊，結衣。」
這孩子果真是相當大膽，意志又堅定，讓結城有些吃驚。
米娜也給人這種感覺，或許結衣的性格就是遺傳自母親吧。
不一會兒，手機就傳出了通知的鈴聲。
「回訊息了……」
「冰堂小姐速度真快。」
結城這麼說。
「結果如何？」

被小鳥這麼一問，結衣便將螢幕拿給他們兩個看。

訊息表示「社長下下週五傍晚以後有空，日後的休假時間未定」，冷硬的文筆完全不像在和小孩子來往。雖然米娜對結城緊湊的行程相當驚訝，但結城還是遠不及米娜那樣忙碌。昨天的飯局能成立，算是時間點相當剛好吧。

「……那天是媽媽生日。」

結衣這麼說。

「這樣啊……那我們可以一起幫媽媽慶祝嗎？」

小鳥對結衣如此提議。

「嗯，對啊。不但要感謝她請我們吃了美味的晚餐，我們也很想以鄰居身分為她慶生。可以幫我們約約米娜小姐嗎？」

結城也在一旁幫腔。

要鄭重其事地說出「想為爸媽慶生」，對結城來說也很難啟齒。若用他們也想幫忙慶生的形式，結衣和米娜應該會比較自在吧。

「……嗯。我請冰堂小姐問媽媽生日那天能不能回來。」

結衣如此說道。

第六話　結城、小鳥、結衣與米娜

在那之後，結衣傳訊詢問米娜生日那天能否回家，但隔天才收到回信。只跟冰堂確認行程時回得倒是挺快的，這次卻隔了整整一天。

訊息內容依舊生硬無比。

『社長明白了。她說「很久沒人幫我慶生了，讓我好好期待一下吧」。當天晚上七點回去。』

內容如上述。

看到訊息後，結衣的表情都亮了起來，結城從來沒見她這麼開心過。

（……啊，她還是很愛媽媽吧。）

結衣的表情讓結城忍不住這麼想。

於是，結衣、結城和小鳥也該著手準備米娜的慶生會了。

——冰堂回信後，他們當天晚上便召開了作戰會議。

結城下班後就立刻開會。

「好，該怎麼做呢？」

「……怎麼做呢？」

結城和結衣環起雙臂，「嗯～」的一聲陷入苦思。

最主要的目的，是讓結衣對母親表達感謝與尊敬，總的來說，就是傳達「媽媽我愛妳」。

「不過，我還真沒籌備過慶生派對耶。」

小時候不管是生日還是年末年初，結城永遠在練習棒球。

父親死後，為了拿到現在這間高中的優待生資格，結城在大考前的每一天都在埋頭苦讀。

考上高中後，為了醫生這個目標，每天不是讀書就是打工，這方面就更不用說了。

住在老家的時候，媽媽和奶奶仍然會幫他慶生，但這次是他第一次為別人慶祝。

「嗯～還是先從禮物著手吧？」

「那……」

結衣按按手機，打開了網路商城的頁面。

「……這是媽媽之前覺得很好喝的紅酒。」

「喔，感覺不錯啊。」

「……是最貴的那瓶。」

「呃，真的很貴耶！」

一瓶居然超過三十萬圓。結城和小鳥平常沒什麼多餘的開銷，光是這筆錢就足夠他們活四個月了。

不僅如此，結衣還毫不猶豫地準備按下購買鍵。

「不不不，給我等一下。」

「……？」

結衣百思不解地看向結城。

「咦？難道妳的零用錢買得起這瓶酒嗎？」

她點點頭。

「……嗯。因為我拿了也不怎麼用。」

話雖如此，以小學生來說，這種零用錢金額依舊相當驚人吧。

看她跟結城住同一棟公寓，常吃超商便當，還會因為壽喜燒的蛋可以盡情吃而感動，就讓人忘得一乾二淨了。這麼說來，結衣也是社長的千金呢。

跟結城這種小農家庭的超級庶民相比，金錢觀當然不同。

「嗯～不過……」

「……送這個不行嗎？」

「呃，也不是不行啦。」

「……因為媽媽都會買很貴的生日禮物給我。」

「啊，原來如此。」

由於沒時間一起慶生，米娜小姐才用高價禮物彌補，這或許是她專屬的愛情表現吧。但結城認為結衣不必有樣學樣。

當他這麼心想時。

「重要的不是價錢，而是心意喔，結衣。」

洗完碗並將廚房周遭打掃乾淨後，小鳥回到起居室。

「……心意？」

「嗯。只要是真心為對方準備的禮物，不管送什麼都好。」

結衣點頭如搗蒜，彷彿豁然開朗。

「那……」

結衣收起手機並說道：

「……我想送能讓媽媽打起精神，努力工作的東西。」

「嗯，不錯呀，我覺得很棒。」

小鳥在結衣身旁坐下，摸摸她的頭說。

結衣愉悅地瞇起眼。

「……結城。」

「嗯？」

「……如果是你，想收到什麼禮物？」
「咦？我嗎？」
結衣點點頭。
「為什麼要問我？」
「……因為你跟媽媽有點像。」
「有、有嗎？」
他們倆確實都很忙，但結城只是一介平凡學生，米娜可是幹練的企業大老闆，等級實在差太多了。
不過……
「呵呵，對啊，真的有點像。」
連小鳥也這麼認為。
「真的假的。這樣啊……我們很像嗎？」
不過，前陣子他也看出了米娜的厲害之處，那就與有榮焉吧。
「……所以我才想問結城，收到之後最能讓你努力讀書工作的東西是什麼？」
結衣直盯著結城的雙眼這麼說。
「這個嘛……」
結城的腦海中充滿了各種思緒。

但他本來就是清心寡慾的人，實在想不出某個特別想要的東西。

（啊～嗯，沒什麼頭緒耶……）

老實說，如今身邊有小鳥陪伴，自己也為了醫生這個目標努力奮進，這種日子已經讓他相當滿足了，所以才不自覺地說出這句話：

「雖然不算東西……但應該是小鳥親手做的料理吧。」

結衣有些意外地挑起眉。

「……親手做的料理。」

「是啊。小鳥每天親自下廚做的菜，不但要顧及我的健康，還得不失美味。味道自然無可挑剔，但能從菜餚中感受到滿滿的『心意』，我真的很開心。讓我全身充滿力量，每一天都能認真打拚呢。」

「結城……」

聽到結城又把這些話說出口，小鳥似乎有些害羞，臉頰泛起微微紅暈。

「……小鳥，妳發燒了？」

被結衣這麼一問，小鳥的臉更加羞紅，便將臉埋進結衣的頭髮躲了起來。

「以後我也會更認真做飯給你吃……」

「嗯，謝謝妳。自從妳來之後，我每天都過得很快樂。」

結城這麼說完，小鳥就渾身忸怩，將臉抵在結衣背上轉啊轉的。

「……小鳥，很癢耶。」

「但我的成績確實有進步，薪水也增加了，所以就這方面來說算是效果奇佳。」

「……」

聽了結城的意見，結衣默默地沉思了一會兒。

隨後，結衣把貼在自己身後的小鳥推開，轉頭看著她。

結城剛才那番話似乎讓小鳥開心得不得了，躲在結衣身後的她笑得一臉憨呆。要是在夜路上碰到她，搞不好會懷疑她是可疑分子。

「……小鳥。」

「呼呀～」

甚至沒辦法用人話回答。

「教……」

結衣對有些恍神的小鳥——

「……教我做菜。」

提出了這個請求。

於是乎。

◇

決定要親自為媽媽下廚後，結衣隔天就立刻接受小鳥的指導，開始挑戰烹飪。

首先，關於結衣現階段的廚藝等級——

「……洗米的時候不用洗潔精嗎？」

當她一臉嚴肅地說出這句話時，連小鳥都嚇呆了。

這位大小姐這輩子從來沒有下廚過，這還在結城的預料範圍之內。沒想到家裡負責掌廚的爸爸在她四歲時就住院了，在那之後一直到來結城家的這段期間，她甚至連別人煮飯的樣子都沒見過，讓結城大感驚訝。這下子應該有得熬了。

「不必從頭到尾都靠自己一手包辦，讓小鳥幫點忙也無所謂啊。」

結城提議道，結衣卻倔強地搖搖頭。

「這樣就……沒辦法加入我的『心意』了。」

聽她這麼一說，結城才恍然大悟地發現自己失言了。

「也是……對不起，結衣。」

這麼小的孩子都已經決定要自己動手了，帶著信任在一旁默默守護，才是體貼的做法吧。

「別擔心，還有兩個禮拜，一點一點慢慢學吧。」

小鳥細心地將烹飪技巧教給一無所知的結衣。

第一天只教了白飯的煮法，但煮好的飯因為水加太多，變得黏糊糊的。

小鳥將這些飯煮成了粥，勉強還能入口，但看到因失敗而沮喪不已的結衣，結城依舊有些擔心。

◇

十三天後。

「我回來了！」

入夜後，在平常同樣時間回到家的結城一打開門，就聞到令人食指大動的香料氣味。

「……啊，是咖哩嗎？」

「是啊，沒錯。歡迎回來，結城。」

上前迎接結城的小鳥，在制服外套了件圍裙。

（……雖然看過很多次了，但不管怎麼看都好可愛啊。）

不但充滿家庭的溫度，小鳥本身也是個超級美少女。

光是看到小鳥穿圍裙的樣子，就覺得一整天的疲倦都煙消雲散了。

「結衣呢？」

「做完飯之後覺得很累，所以睡著了。」

「……這樣啊。」

結城盡可能壓低音量，脫下鞋子走進家門。

將外套遞給小鳥後，他走向起居室，看見床上的結衣抱著枕頭裹在棉被裡，發出規律的鼻息聲。

抱著枕頭的手指上貼了好幾個ＯＫ繃。

雖然像漫畫一樣有點老哏，但也證明了她努力挑戰不熟悉的料理。其實應該不是因為她的手不夠巧，而是隨便模仿小鳥又快又好的刀工，才會切到手吧。

發出規律鼻息的結衣似乎睡得很安穩。結城將書包放好後坐在床邊，溫柔地撫摸她的頭。

「……可以的話，真想在妳面前吃完再表達感想，但我不好意思叫醒妳。」

這時，小鳥將晚餐端了過來。

今晚的菜色正是從剛才就香氣十足的咖哩，還有裝在白色容器裡的生菜沙拉。

看著桌上擺放的菜餚，結城感慨地說：

「……這真的是結衣做的嗎？」

「是呀。我只陪她去買菜，剩下的全都是結衣做的。」

至少就外觀而言確實是咖哩沒錯。沙拉的樣子也非常到位，還盛裝得相當美觀。

因為看過她第一天連米都煮不好的模樣，光是這樣就讓結城感慨萬千了。

「……那我開動了。」

結城對著結衣雙手合十。

並用湯匙吃了一口。

「……嗯，很好吃嘛。」

可能是調味料的用量不太一樣，確實很難媲美小鳥做的咖哩，但小鳥特製的蔬菜咖哩確實就是這個味道。

「還不到兩個禮拜……結衣真了不起。」

「是啊，她真的很努力呢。我本來想幫忙，菜刀一直拿在手上，看來沒什麼必要呢。」

小鳥笑著這麼說。

這時，結城身後的床鋪傳來了被單摩擦的聲音。

「……結城？」

結衣醒來後，在床上撐起身子。

「早啊，結衣。」

「早安呀，結衣。」

聽結城和小鳥這麼說，結衣剛清醒的腦袋似乎還沒開機，一臉呆滯地看著結城的頭部。但過了一會兒，她動動鼻子聞了聞，並緩緩睜大眼睛。

她的目光停留在桌上那盤咖哩。

「……好吃嗎？」

結衣看著結城的雙眼問道：

結城沒說話，在她面前又吃了一口咖哩。

細嚼慢嚥後，他才回答：

「很好吃啊。」

接著結衣用有些不安的口氣問：

「有讓你……想要好好努力嗎？」

……原來如此。

（畢竟結衣學習廚藝的目的，就是想為米娜獻上能努力工作的幹勁嘛。）

「這個嘛……」

結城老實地心想：味道部分……跟平常吃的小鳥做的咖哩比起來，確實還差了一點。

但她把食材切成容易入口的大小，還仔細將咖哩塊煮融避免結塊。結城從這盤咖哩中感受到的並非只是「為了做給米娜吃的試作品」，而是確實想讓結城覺得好吃的「心意」。至少這份「心意」讓結城相當欣慰。

所以……

「嗯……吃完這盤咖哩，感覺明天也能繼續努力了。」

「……太好了。」

結衣做了個小小的勝利手勢。

「呵呵，再來只要等米娜小姐生日就好了。」

看了結衣的反應，小鳥露出由衷喜悅的微笑。

「還不夠……在後天之前還得做得更好吃才行。」

結衣盛氣凌人地說。

見狀，結城笑著說：「好像進入遊戲模式的小鳥啊。」

「我、我平常會這樣嗎……」

小鳥有些害羞地問道。

◇

「呼……」

米娜生日當天。

結城其中一個打工，是在親戚經營的工廠工作。四周基本上都暗下來了，結城在瀰漫著鐵味的倉庫中，看著時鐘喃喃自語。

（……米娜小姐應該快到了吧。）

遺憾的是，結城先前就排定今天要工作了，所以趕不上米娜晚上七點到家的時間。

雖然很不好意思，但也只能麻煩小鳥和結衣負責慶生會開場了。

（……不過只要加快速度完成工作，應該不會遲到超過一小時。）

為自己加油打氣後，結城繼續將零件收進倉庫。

這個作業算是重體力勞動，就算輕的零件也有五公斤，重的則將近六十公斤。雖然有堆高機這種搬運重物的車輛，但數量不多，加上倉庫面積不大，堆高機無法進入的狹窄空間，就只能由人搬送進去。

拜此所賜，雖然現在沒在打棒球，結城的肌力還是保持在一定水準。

「不過，這個工作真的很累耶。」

結城用工作服的袖子抹去汗水。再來還要搬送大概三十個中型零件。雖說是中型，一個也有二十公斤。再撐一下，搬完就可以參加慶生會了。

就在此時。

「啊，結城～」

倉庫入口處傳來了一道和藹可親的嗓音。

一名身材矮瘦，戴著眼鏡的三十歲男子踏著安全鞋走了進來。

「啊，深川部長。」
「今天也忙到這麼晚啊，辛苦你了。還剩多少？」
「剩棧板上放的那些而已。」
「那只剩一點點嘛。」
深川部長捏了捏手套的指尖處，稍微思考了一陣。
「……嗯。好吧，剩下的我來搬，你今天先下班吧。」
他這麼說道。
「咦？可以嗎？」
「你待會兒不是有事嗎？」
「是沒錯啦……我有說過嗎？」
「有有有，因為你最近常講自己的私事嘛。你在更衣室跟武藤聊天的時候，休息室都聽得見。」
「這、這樣啊。」
更衣室就在休息室旁邊，中間僅用一道拉簾區隔。
看來是聊天的聲音傳過去了。
「你跟女朋友是春天過後開始交往的吧？今天是女朋友的生日嗎？」
「嗯，算是吧。」

正確來說，是和女朋友一起照顧的小孩媽媽的生日。

「那還是早點回去吧，你得好好珍惜跟伴侶相處的時間。要是每次都因為對方原諒而晚歸，她們某一天就會忽然大發雷霆喔……哎呀，到那個時候就很難安撫嘍，哈哈哈。」

深川部長發出無力的笑聲。

僅憑不到三十五歲的年紀，他就一間扛下這個小公司的製造部門，還深得結城親戚——也就是社長的信賴，但他也因此經常工作到很晚。孩子在一年前出生後，努力養育小孩的老婆似乎對這件事頗有微詞。

「深川部長，你也很辛苦呢。」

「沒辦法啦。這可能算是我的偏見，但大部分的女孩子都很怕寂寞嘛。」

「是嗎？」

「嗯，我這三十年見過的女孩子基本上都是這樣，但當然也有例外啦。所以這種特別的日子，你還是盡可能早點回去。」

「照你這種說法，你才更不應該接下我的工作，早點回去比較好吧？」

聞言，深川部長揮揮手說道：

「沒事沒事，她剛好上禮拜才爆發過，我已經安撫好了。我猜她的好心情應該可以維持兩個月吧……應該啦。哈哈哈。」

深川部長無力地笑了笑。他的眼中充滿沉穩的決心，彷彿已達頓悟的境地。

看到他這種眼神，結城實在說不出「好，那我下班了」這種話。
「……我知道了。那你可以幫我搬嗎？」
「咦，可以嗎？全部交給我也沒關係啊。」
「嗯。我本來就有跟她說會晚一點了，兩個人搬也可以縮減一半的時間。」
「……結城，你真是個好部下。」
說完，深川部長就立刻用雙手搬起兩個零件走進倉庫。
既然決定要做，就會間不容髮地立刻行動。長年任職於工廠的他手腳相當俐落，每個動作都精準到位。
但結城也再次感佩地想：真虧他能用這麼瘦弱的身體，輕輕鬆鬆搬起這麼重的零件啊。
「嘿咻。」
結城也搬起零件，跟著深川部長走進倉庫後方。

◇

『下班了，我現在回去。』
結城走出工廠後，用手機傳了這則訊息給小鳥。
時間是晚上七點十分，米娜應該已經到了吧？

隨後，小鳥也回了訊息。
『工作辛苦了。米娜小姐還沒到。』
「米娜小姐也因為工作耽擱了嗎？」
結城喃喃自語。說不定回家路上會跟她偶遇呢。
結城懷著這股猜想踏上歸途，但直到他抵達公寓前都沒有碰見米娜。
他走上樓梯來到自家門前，打開房門走了進去。
房裡早已瀰漫著令人食指大動的咖哩香氣了。
可是玄關口……只有小鳥的鞋和結衣小幾號的鞋子。
「……歡迎回來，結城。」
小鳥像平常那樣上前迎接，表情卻有些鬱悶。
「我回來了……怎麼回事？」
「呃，其實……」
結城往起居室看去，發現結衣低著頭坐在桌前。

◇

『抱歉，結衣，有個工作讓我抽不開身，今晚不確定能不能回去了。』

『就算回得去，大概也很晚了。如果沒時間等我，妳就跟結城他們吃一吃，吃完直接解散吧。』

結衣的手機收到了這樣的訊息。

這次不是經由冰堂轉達，而是米娜直接傳來的。

「原來如此……」

看完訊息後，結城獨自呢喃道。

（這時候應該……要對米娜小姐的遲鈍反應大發脾氣吧。）

但他們或許早該把這個可能性列入考慮。

結城這麼想。

老實說，雖然結城的工作不像米娜這麼忙，他還是能理解米娜的苦衷。

結城工作的那間工廠，若成品出現瑕疵，就勢必要拉長工作時程，更何況是米娜那種大型公司的社長呢？臨時出現無法抽身的工作，應該只是家常便飯吧。

米娜身處的可是名為商場的「競爭」世界啊。

半吊子的工作態度根本無法戰到最後一刻，還會連累員工和其家屬。所以就心情上來說，結城實在難以苛責米娜。

（但她的說法也不太高明啊。）

結城這麼想。

米娜這則訊息或許帶有體恤的意義，不想浪費結衣和結城等人的時間，然而對為了這一天拚命努力的結衣來說，應該有種被拋棄的感覺吧。

但結衣親自下廚這件事本來就是驚喜，米娜也無從得知就是了……

「……」

從剛才開始，結衣就一直低頭看著米娜傳來的訊息。

雖然沒特別說些什麼……不過她一定大受打擊吧。

「結衣……」

看不下去的小鳥正準備開口喊她。

「……沒辦法。」

結衣就低聲說道。

「工作重要嘛……」

她那嬌小的手緊緊握住手機，手上還帶著割傷和ＯＫ繃這些努力過的證明。她又低著頭好一段時間，隨後卻獨自點了幾次頭。

「嗯。」

結衣抬起頭，臉上跟以往一樣毫無表情。

不，光從外表來看，反而比平常還要明朗。

「妳還好嗎，結衣？」

小鳥擔心地這麼問。

「……我沒事。」

說完，結衣豎起大拇指比了個讚。她一定是不想讓結城和小鳥擔心，才勉強自己裝出釋然的模樣吧。結城心想：這孩子真是堅強。

既然如此，他們也不能表現得太過消沉。

「好！等待的這段時間，我們先開動吧。我也快餓扁了呢。」

「……交給我吧。」

結衣站起身，走到廚房盛裝料理。

「這次是我的自信之作，一定會好吃到讓你的下巴掉下來……」

「喔，真令人期待。」

結城將視線轉向小鳥。

光靠這一眼，小鳥似乎就明白他的意思了，所以她放心地吁了一口氣，表情也從擔憂轉為笑容。

「吃完飯後，我們一邊打電動一邊等她吧。結衣的技術也變強了嘛。」

「咦～那個格鬥遊戲只有小鳥強得離譜耶～」

「……心理陰影。」

聽到小鳥的提議，結城和結衣都提出反駁。

特別是結衣。跟結城稍微練習過後，她對小鳥發出戰帖，小鳥卻毫不留情地對她使出殘酷無情的連續必殺技。結衣完全沒傷及小鳥半分就徹底敗北了，讓她產生了心理陰影。

「咦～」

小鳥不滿地嘟起嘴。

「那二對一如何？這樣一定會打得很過癮。」

一談到遊戲，小鳥就變得比以往任性許多。

◇

在那之後。

結城他們享用了結衣做的咖哩。令人驚訝的是，味道比先前吃過得更加美味，連小鳥都大力稱讚她做得很好。

據結衣表示，她回家後也依然每天練習。

聽到結城讚賞自己「妳真的很努力耶」，結衣也開心地吃起自己做的咖哩。那個孩子氣的模樣實在可愛極了。

吃完飯後，三人開始打電動。

雖然依照小鳥的提議採取二對一的玩法，但就算兩人聯手，依舊被小鳥打得落花流水。

但姑且還算是像樣的比賽，所以在無數次的對戰過程中，結城和結衣也慢慢抓到訣竅，回過神才發現早已沉迷其中。

跟小鳥打電動時，結城基本上只是陪打而已。他好久沒體會這種玩到無可自拔的感覺了。

他真的覺得好快樂。

遊戲本身確實很有趣，但像這樣跟結衣和小鳥玩同一款遊戲，讓他樂此不疲，於是時間就這麼一點一滴流逝。

隨後……

「……米娜小姐沒回來呢。」

遊戲大致告一段落後，小鳥泡著三人份的熱茶並這麼說。

結城看看時鐘，指針早已走過十二點，現在已經凌晨一點了。

本來是要慶生，生日卻已經過了。而米娜還是不見人影。

結城忍不住擔心起來，將眼神轉向結衣。

結衣拿出手機。看她的手指動作，就知道她不是在玩平常那款手機遊戲，而是在確認米娜是否有傳新訊息過來。

但她立刻就放下手機了，可見沒收到新訊息。

接著，結衣緩緩起身。

「我……該回家了。」

「……結衣，妳真的不等米娜小姐了嗎？」

結衣對今天跟米娜的約定相當執著。

她一直抱著期待準備至今。米娜或許真的沒辦法回來，但再等一會兒也無妨吧？

當結城這麼心想時。

「……我要等。」

結衣卻目光堅定地這麼說。

「可是……」

結衣看著結城和小鳥說：

「結城、小鳥，你們明天都很忙吧……所以我會在家裡繼續等。」

「……」

「……」

聽她這麼說，結城和小鳥看向彼此。

結城明天確實一早就有工作，小鳥也要替結城準備便當和早飯，所以得比結城更早起床。

然而在這種狀況下，結衣卻還在為他們著想。

老實說，自己在她這個年紀，一定會氣得滿心鬱悶，對周遭的人發火。

「妳要自己一個人等？」

「……嗯，沒關係，我習慣了。」

這孩子真了不起，堅強體貼的程度完全超越了她的年紀。

這想法已經在結城心裡出現過無數次，此刻他再度感到敬佩。

正因如此……

（我也要對這孩子好一點。）

結城這麼想。

小鳥露出溫柔的笑靨，似乎也跟他有同樣的想法。

「留在這裡就好，我也要等米娜小姐回來。」

結城說道。

「……！」

結衣驚訝地瞪大雙眼。

「幹嘛這麼驚訝啊，結衣？」

「……因為你明天也很忙吧？」

「別在意，一天沒睡而已，總有辦法的。」

但結衣搖搖頭。

「……我不想給你添麻煩。」

「喂喂，事到如今別這麼見外啦，我也很想幫鄰居慶生啊。應該說我心意已決，就算妳不願意，我還是要等米娜小姐。」

「……」

結衣有些愕然地看著結城的臉。

這次換小鳥來到結衣身邊，跪下來與她視線同高。

「結衣，一個人等一定很寂寞吧。」

「……我習慣了。」

結衣又把剛才說過的話重複一遍。

結城心想：話雖如此，她也只是說「我習慣了」，並不代表「我不寂寞」吧？

結城的爸爸對他的人生過度干涉，所以他自己沒體會過這種感受。但一般來說，這個年紀的孩子若不能待在父母身邊，總是獨自一人的話，應該會覺得非常寂寞吧。

小鳥溫柔地摸摸結衣的頭。

「是呀，我覺得結衣好堅強。哪像我這種膽小鬼，只要結城晚一點回來就覺得好孤單。只是……」

小鳥繼續說道：

「與其獨自等待，至少三個人一起等比較不寂寞呀。」

「……」

「就算我說這一點也不麻煩，結衣也不這麼認為吧。所以……妳就給我們添麻煩吧。就像妳看到最愛的媽媽開心也會感到高興一樣，我也很愛結衣，如果妳能變得比較不寂寞，我也會很高興。」

「小鳥……」

結衣沉默了一會兒，就這麼呆站在原地，時鐘的秒針都走完一圈了，她仍一動也不動。

隨後……

她走到小鳥身邊，主動將臉埋進小鳥的胸口。

「對不起，希望你們今天能陪我一起等……」

她眼中泛起了些許淚霧。

堅強又體貼的孩子，此時才稍稍流露出她的軟弱。

「好，一起等吧。謝謝妳對我們耍任性。」

結城看著她們倆，並拿出自己的手機。

先前吃晚餐時，他跟米娜交換了電話號碼。他傳了封訊息給米娜。

『米娜小姐，今天我們三個會繼續等妳。不論會到多晚，都請妳務必回家。』

結城原本不想用這種略帶強迫的語氣，唯獨這次是為了結衣，才不得不傳送這種訊息。

◇

在那之後，結城三人繼續等待米娜，米娜卻遲遲未歸。
就這樣過了一小時。
兩小時。
三小時。
米娜還是沒有回來。
中途他們坐上床繼續等，結衣坐在正中間，三人緊緊相依。
「……別擔心，結衣，米娜小姐一定會回家的。」
小鳥對結衣這麼說，並摸摸她的頭。
結衣靠在小鳥身上，眼中泛出些許淚光。
（……是大人的話，拜託別跟孩子爽約啊，米娜小姐。）
結城心中也忍不住對米娜產生了一絲怒火。

接著又過了一小時。
結城往外一看，只見天色漸漸明亮起來。
雖然決定陪結衣一直等下去，但到了這個地步，也不得不做出結論。
那就是——米娜不會回來了。
「……結城。」

結城才這麼想，倚在小鳥身上的結衣就抬頭看著自己說：

「……謝謝你們。」

結衣用無比悽楚，卻又拚命忍著不讓他們發現的顫抖嗓音這麼說。

「結衣……」

結城將這樣的結衣拉進懷裡緊緊擁住。

嬌小又溫熱的身軀正在微微顫抖。

「我說妳啊，寂寞的時候不必勉強自己忍耐啊……」

「……」

結衣什麼話也沒說，只是緊緊環抱著結城。

溫柔又堅強的少女，心中的忍耐也即將潰堤了。

就在此時。

喀、喀、喀。

踏上樓梯的腳步聲竄進了靜謐的空間。

「……！」

結衣猛然抬頭。

腳步聲逐漸往結城家門走近。

然後……

喀咚。

他們聽見傳單被夾進郵筒的聲音。

而那個腳步聲就這麼離大門越來越遠。

「……啊。」

結衣口中發出了近乎呻吟的聲音，甚至算不上話語。

強忍某種情緒至今的冰冷表情頓時崩垮，壓抑已久的情感就要流瀉而出時——

喀、喀、喀。

這次又聽到了急忙跑上樓梯的腳步聲。

這個聲音跟剛才一樣，在結城家門前停了下來。

然後……

叮咚～

門鈴一響，三人就立刻起身奔向玄關。

結城從貓眼往外看，只見一個穿著熟悉的紅色套裝的人。

於是結城立刻開門。

「……哈啊、哈啊，只是從停車場跑過來而已，就累成這副德性，看來我真的老了。」

門外的人正是米娜，她雙手放在膝上氣喘吁吁。

「呼……哎呀，對你們三個真不好意思。但沒想到你們真的一直醒著等我到現在，也真夠奇怪的。」

仔細一看，之前見面時還筆挺合身的套裝已經滿是皺褶，原先那種活力充沛的氣息也累積了些許疲勞。

結衣往前踏出一步，站在米娜面前。

「……工作還好嗎？」

「啊、啊啊，全都處理好了。」

他們第一次看到結衣和米娜講話，但或許是不常見面的緣故，感覺有些生硬。

然而這種小事，現在根本不值一提。

「米娜小姐，快進來吧，晚餐已經準備好了。」

「喔，真令人期待。」

「請進，米娜小姐，先把外套跟包包給我吧。」

說完，小鳥就接下了米娜的外套和包包。

「那就打擾嘍。」

說了這句話，米娜就走進結城家中。

◇

「打掃得一塵不染呢，比我的辦公室乾淨多了。」
米娜在起居室的桌前盤腿坐下並這麼說。
結城則坐在米娜對面。
結衣和小鳥在準備餐點。到餐點上桌前，結城負責陪她聊天。
「小鳥每天都會細心打掃，讓我過得很舒適。」
「真的是很棒的女朋友呢，絕對不能放開她喔，結城。外表好看的女人認真找找就有一大堆，但願意真心扶持自己的女孩可遇不可求喔。」
「我當然會好好珍惜，這輩子都不可能放開她。」
「說話時的眼神居然這麼堅定又毫不猶豫，看來你真的做好覺悟了呢，結城。」
米娜做出投降的姿勢，似乎甘拜下風。
或許是急忙趕回來的關係，米娜剛到的時候看來有點累，但轉眼間就變回以往的開朗模樣了。
「……不過，我真的得謝謝你，結城。」
雖然不太明顯，但米娜的嗓音變得有些嚴肅。
「謝什麼？」
「你凌晨一點多傳給我的訊息啊。要是沒有那則訊息，我可能就不會回來了。」
「喔，妳說那個啊。抱歉，我的措辭有點強硬。」

「別這麼說。而且光靠結衣一個人，根本沒辦法等到我回家吧。女兒能像這樣替我慶生，也是多虧你們願意幫忙慶祝。」

「咦？」

米娜的說詞讓結城覺得不太對勁。

「不，就算我們沒陪著她，她也打算繼續等……」

「讓妳久等了，米娜小姐。」

這時小鳥和結衣恰巧走出廚房。

小鳥端著總匯沙拉和涼茶。

結衣則端著咖哩飯，為了讓母親在這一天及這一刻品嚐的咖哩飯。兩人將餐點放在桌上。

「咖哩啊……所以這就是你之前說的，傳說中世界第一美味的咖哩飯吧？」

米娜這麼說，臉上還帶著愉悅的壞笑。

雖然現在告訴她也無妨，但還是等她吃過以後再公布答案吧。

於是結城有些壞心地笑著說：

「嗯，算是吧。我們已經吃過了，請慢用。」

「那我就不客氣了。」

米娜雙手合十地說「我要開動了」，並拿起湯匙。

舀起咖哩飯後，她嚐了一口。

「……喔，不錯耶，很好吃嘛。」

米娜感佩地說道。

「雖然稱不上高級，但蔬菜的味道都釋放出來了，很容易入口。最重要的是，從食材的切法和米飯的柔軟度，都能體會到讓餐點好入口的細膩心思。我感受到小鳥的滿滿愛心了。結城，你居然每天都能吃到這種美食，真是個奢侈的男人啊。」

「……呵呵。」

聽到米娜對咖哩的成果讚不絕口，小鳥忍不住輕笑出聲。

「嗯？怎麼了，小鳥？」

「啊，沒有，不好意思。」

「幹嘛啦？這樣我很在意耶。」

差不多可以告訴她了吧。於是結城指著結衣說道：

「米娜小姐，這盤咖哩是結衣做的。」

「咦！」

米娜驚訝地瞪大雙眼，轉頭看向結衣。

「真的是結衣做的……？」

「……」

聽米娜這麼問，結衣默默地點頭。

「……這樣啊，是結衣做的。」

米娜目不轉睛地看著眼前那盤咖哩飯，還冒著令人食指大動的熱氣。

接著她搔搔頭髮，似乎不知該作何反應。

「那個，就是……謝謝妳。」

她輕聲細語地向結衣道謝，跟平常的宏亮嗓音截然不同。

「……嗯，生日快樂。」

面無表情的結衣用毫無起伏的聲音回答。看著兩人的互動，結城心想：

（……結衣似乎沒有想像中那麼開心啊。）

最近結衣在結城他們面前遇到這種狀況時，都會在行為和表情中表現出顯而易見的喜悅。但在不常見面的母親面前，或許會變得較為顧慮和生硬，就像第一次見到結城他們時那樣。

「那個，我可以再吃一點嗎？」

「……嗯，還有很多。」

兩人的對話確實有些尷尬。

（明明她們才是親母女……）

結城覺得很不可思議。

但至少這對母女終於有共度的時光了。
雖然不太明顯，但結城看得出來——結衣原先有點緊張的表情，漸漸因喜悅而和緩了些。

◇

「……呼，我吃飽了。」
米娜「啪」的一聲闔起雙手說道。
沒想到米娜居然連續吃了三盤，把結城家的電子鍋都掃空了。雖然她身材高挑，但一名女性居然可以吃這麼多。
先前深川部長曾帶著哀愁的眼神說「年過三十以後，忽然就沒辦法像年輕時那樣，吃得下重口味的食物了」，但米娜似乎不適用這個原則。
「妳之前在餐廳有吃這麼多嗎？」
「我覺得去那種地方是為享受美食和氣氛，比填飽肚子更重要。」
「原來如此。」
「啊，對了，這是我跟小鳥的一點心意。」
說完，結城就拿出一組六瓶裝的營養補充飲品，商品還主打「專治宿醉」。

小鳥曾質疑地問：「送這個真的好嗎？」結城卻認為生日禮物非它莫屬。

「我想妳應該經常聚餐，就算沒喝酒，喝這個對肝臟也好，隔天也會精力充沛。」

「喔，不錯耶，健康才是最重要的資產嘛。我會試著喝喝看。」

米娜似乎很開心，結城便得意洋洋地看向小鳥，彷彿在說「如何，我的判斷果然沒錯吧」，讓小鳥不禁苦笑。

「……好啦。」

米娜看著她那支低調奢華的高級手錶。

「我該回去工作了。」

「這麼快！」

「其實我是趁工作告一段落的空檔過來的，還剩一點沒做完。」

米娜笑著這麼說。結城心想：她還是那個可怕的工作狂。

話雖如此，再過幾個小時，結城也要準備上工了。

就在此時。

（啊……）

結城往起居室入口瞥了一眼，發現結衣神情不安地看著他們。

（啊，也對。結衣不想耽誤米娜小姐的工作嘛。）

因此結城決定問問米娜。

「造成妳的困擾了嗎？」

聞言，米娜將手舉到面前揮了揮。

「怎麼會呢？正好能讓我喘口氣。這樣回到公司後，我又能繼續努力了。」

並如此答道。

「……！」

聽米娜這麼說，結衣用雙手抓住旁邊小鳥的手，開心地揮來揮去。

小鳥也摸摸結衣的頭，結城同樣單純地心想「真是太好了」。

儘管母女關係仍有些尷尬，至少稍稍拉近了距離，這樣今天就很有價值了。

「正因如此……我才覺得遺憾。」

米娜忽然如此呢喃道。

「遺憾？」

「是啊，最近我們順利將事業拓展至海外了。」

「這樣啊，恭喜妳。成為國際企業的一分子，應該是值得慶祝的事吧。」

雖然不確定米娜的事業版圖究竟有多大，至少不侷限於日本，而是在世界戰場奮鬥的氣魄，確實很有米娜的風格。

「謝謝你。」

米娜也驕傲地答道。

緊接著……

「所以，我下個月就要移居美國了。」

她說出了這句話。

「……咦？」

起初結城沒聽懂米娜在說什麼。

但他立刻就明白意義何在了。

「我也是第一次遇見這麼照顧我們的鄰居。跟結城聊天不但有趣，還激發了我的衝勁，你甚至還替我照顧結衣。但若真要著手拓展海外事業，我總不可能不去吧。」

「所以結衣也要過去嗎？」

「嗯，只能這樣了。就算把她留在日本，也沒有親戚可以依靠。」

「……這樣啊。」

「好了。」

說完，米娜站了起來。

「我這趟趕著回來，什麼都沒準備，但搬家前我會再登門道謝。」

留下這句話後，米娜就離開了結城家。

結城、小鳥和結衣三人都來到玄關送米娜離開。

直到米娜的身影消失在視線盡頭後。

「結衣……要搬走了啊。」

小鳥說了這麼一句。

聲音聽起來毫無起伏，臉上也沒有表情，就像失了魂一樣。

應該是突如其來的離別通知，讓她來不及整理好心情吧。

「……小鳥。」

結衣握住小鳥的手，但她的嗓音同樣帶著些許顫抖。

結城將手搭在兩人的肩上說：

「這也沒辦法。還有一個月，我們來創造愉快的回憶吧。」

小鳥和結衣都將臉埋進結城的胸膛。

結城也溫柔地擁著她們，直到她們平靜下來為止。

◇

「……」

堀井米娜走出公寓後，轉頭看向自己剛才叨擾過的那戶人家門口。自己的女兒和女高中生聽到離別的消息後似乎非常悲傷，那位年輕卻充滿志氣的少年則溫柔地擁著她們，看來相當擔心。

「……那幾個孩子反而更像家人呢。」

米娜如此低喃，便再次轉身背對三人返回工作——那才是她該去的地方。

◇

「結衣，等等去玩那個遊樂設施好不好！」

「……嗯。我也想坐雲霄飛車。」

「我會暈車，應該不太行。」

聽米娜說結衣要搬走之後，結城他們便在下週日來到了遊樂園。三人想依結城所言，在結衣搬去美國之前創造一些回憶。

「……不過，沒想到這還派得上用場。」

結城拿著兩個月前買的遊樂園雙人套票這麼說。沒錯，第一學期段考期間沒能抽出時間和小鳥相處，結城才買了這兩張票，希望在考試結束後跟小鳥一起去。

雖然最後因為諸多原因沒能成行，但仔細一看，才發現剛好還有兩個禮拜到期。

結衣之前就很想去遊樂園了，甚至還拿著導覽手冊看，因此結城認為時機正好，並央求深川部長讓自己臨時休假。

順帶一提，結衣的入場票和旅費由米娜全額支付。

此外……

「冰堂小姐，妳呢？」

結城轉頭往後看，對穿著套裝的眼鏡女子問道。

「不了，我只是在工作。」

冰堂用有些冷漠的聲音這麼說。

身兼米娜祕書的冰堂負責接送他們到遊樂園，同時也是結衣的代理監護人，所以一同行動。

不只是今天，最近冰堂經常到結城家關心結衣的狀況。或許是因為臨時告知了搬家的消息，米娜才出於擔心，請冰堂過來看看結衣吧。

「三位若要去遊樂設施排隊，我就在那邊的長椅處等候，你們去玩吧。」

「這樣好嗎？妳從剛才就一直沒有玩遊樂設施耶？」

「當然。我剛才也說了，我的工作就只是結衣小姐的代理監護人，各位可以無視我的存在。」

結城心想：她的口氣還是這麼制式化。

「儘管次數不多，但過去我也經常代替社長照顧結衣小姐。認識你們之後，結衣小姐真的快樂了不少。」

沒想到她說了這句話。眼鏡後方那對看似有些冷漠的雙眼，正看著開心地和小鳥手牽手的結衣。

「所以請三位玩得開心點。今天之所以來此，不就是要創造屬於你們的回憶嗎？」

原來如此，這是她的體貼之舉吧。

「……我知道了，謝謝妳。」

「無妨，這就是我的工作。」

她的語氣依舊這麼死板。結城苦笑了一陣，隨後便往結衣她們走去。

小鳥和結衣已經排在隊伍最後方了。

「這裡好像很受歡迎呢。我沒坐過雲霄飛車，好期待喔。」

「……我也是。以前因為身高不夠不能坐，現在應該可以了。」

小鳥和結衣一起看著遊樂園導覽手冊，聊得不亦樂乎。

（太好了，她們比想像中還要有精神。）

結城看著她們這麼心想。

小鳥聽到結衣要搬去美國時，完全呈現恍惚狀態，讓他尤其擔心，但這幾天反而變得比以往還要開朗。

或許這是她積極的表現，想跟結衣快樂地度過剩餘的時間吧。

過去就算待在同一個空間，結衣和小鳥基本上都是各忙各的，也不常向對方開口。這幾日她們卻經常聊天。

「冰堂小姐說要在長椅那邊休息。」

結城也和兩人一起排隊。

「這樣啊。」

說完，小鳥就靠近結城耳邊悄聲說道：

（……之後得跟冰堂小姐道謝才行。）

看來小鳥也感受到冰堂的體貼了。

「好，結衣、結城，今天我們要創造很多快樂的回憶喔！」

小鳥喊著：「嘿～嘿～哦～！」將拳頭高舉向天。

結衣也跟著用毫無起伏的嗓音說了聲：「哦～」並模仿小鳥的動作。

◇

「呼……哎唷，好玩是好玩，但真是累死我了。」

從遊樂園回家的路上。

結城整個人癱在冰堂駕駛的車內座椅上。

「結城，你不敢玩刺激的遊樂設施啊？」

小鳥這麼說。她坐在結城右側，中間隔著結衣。

「是啊。與其說是害怕，我反而更擔心頭暈。只是遊樂設施的娛樂效果比想像中還要有趣，到頭來我還是全都坐了一輪。」

結城對坐在一旁的結衣問道：

「結衣，妳也玩得開心嗎？」

聞言，結衣豎起大拇指並點點頭。

「……當然，我還拍了好多照片。」

「可以讓我看看嗎？」

聽小鳥這麼說，結衣就拿出手機。

「馬上把照片傳給妳……啊，但要等我一下。」

「怎麼了？」

結衣打開平常在玩的手機遊戲，並回答結城的問題：

「……我要領登入獎勵，再三分鐘就要錯過了。」

於是結衣開始點擊螢幕。

結城心想「她還真是沉迷」，並試著將先前一直很好奇的事情問出口：

「對了，結衣平常用手機玩的那個遊戲，是米娜小姐公司開發的吧？」

「……嗯，對啊。」

之前結衣傳給結城的遊戲遊玩影片，背景音樂跟米娜小姐吃完飯回家時唱的歌一模一樣，讓結城十分在意，並上網查了資料。

果不其然，製作公司的網頁上就寫著「社長　堀井米娜」這幾個大字。

「看妳玩得這麼入迷，可見米娜小姐做的遊戲很有趣吧。」

結城曾在大谷的推薦下玩過一次手機遊戲。真要認真玩的話會浪費太多時間，不適合結城的生活步調，所以他很快就放棄了。但看到角色數值和等級不斷提升，以及抽到喜歡的角色時，感覺確實很開心。

「……很好玩啊，但不只是這個原因。」

結衣開心地看著手機螢幕。

「因為是媽媽做的遊戲……」

並這麼說道。

「結衣，妳真的很愛媽媽呢。」

說完，小鳥摸摸結衣的頭。

「嗯。」

結衣立刻點頭回答。

「……以前五歲的時候，我發燒了。」

結衣看向遠方這麼說，彷彿在緬懷過往。

「……爸爸那時候住院不在家。但我一個人實在太寂寞了，忍不住打電話給媽媽。明明她還在工作。」

結城有些意外，沒想到結衣也有過那種時期。

現在的她應該寧願死撐也不想打給米娜吧。

「可是媽媽接到電話後，就馬上趕回家陪我了……」

結衣似乎很開心，微微瞇起眼說著。

「這樣啊……媽媽很溫柔呢。」

小鳥這麼說。

「……米娜小姐真厲害。」

結城也感佩地說。

雖然無從得知當年米娜的工作有多忙，但恐怕跟現在沒什麼差別吧。不，只要稍微查查米娜的公司，就會在財經新聞頁面看到公司在近五年急速成長的消息。所以結衣五歲那一年，剛好是事業起飛的時期吧。

搞不好比現在還要忙碌。

儘管如此，她卻還是趕來陪伴生病的女兒。

（慶生會那天，米娜小姐最後還是趕來了。看來她真的很關心結衣啊。）

結城不禁這麼想。

◇

冰堂在離公寓最近的超商前讓三人下車後，他們便走回各自的家門前。

四周一片漆黑，若是平常，這個時候結衣早就該回家了。

「……那就晚安了。」

結衣打開自家大門並對兩人說道。

由於已經在遊樂園吃過晚餐，再來只要準備睡覺就行了。

「好，晚安嘍，結衣。」

「晚安，結衣。」

小鳥和結城也道晚安後，結衣再次點點頭，就走進自己家裡了。

「好，我們也早點睡吧。慶生會那天熬了通宵，感覺全身都快散了，讓我體會到睡眠的重要性。」

「……」

「嗯？怎麼了，小鳥？」

「咦？是，你說什麼？」

「呃，我說我們也該為明天做準備，早點睡了。」

「這樣啊……說得也是。」

雖然覺得小鳥的樣子不太對勁，結城還是解鎖打開房門。

小鳥也要將今天自己跟結城穿的衣服洗一洗，並準備睡覺，所以也一起走進結城家中。

「我回來了……」

結城脫下鞋子走進家裡，小鳥則是——

「……呼。」

一踏入玄關，她連鞋子也沒脫就坐了下來。

「妳還好嗎，小鳥？」

「嗯，對不起，我沒力氣了。」

小鳥今天難得會領著結衣和結城到處跑，玩得不亦樂乎，所以是因為不太習慣才這麼累嗎？

結城原以為是這樣。

「結城……我今天有表現得很開朗嗎？」

小鳥卻對結城拋出這個問題。

「怎麼忽然這麼問？嗯，妳確實比平常還要積極，感覺很開心就是了。」

「……是嗎？那就好。」

小鳥低聲喃喃，聲音聽來有些顫抖。

至此，結城才總算明白。

「小鳥……妳在故作開朗啊。」

看來不只是今天，大概從聽到結衣要搬家那天起就這樣了。

「對啊。但一想到今天是跟結衣最後一次出門的回憶，我就覺得好難過。」

「……是啊，感覺好寂寞。」

小鳥抱膝將臉低垂，結城坐在她身旁輕輕撫摸她的頭。

「謝謝你……嗚嗚……」

小鳥將頭靠在結城身上。

她的眼中早已浮現淚光。

其實結城也有同感。這一個多月來，和結衣共度的日子已經變得理所當然。在她離開後，結城一定會覺得很悲傷。連結城都感到不捨，小鳥就更不用說了。

小鳥跟結衣的感情特別好，有時結城在一旁看了，還覺得她們真的很像親生母女。

所以結衣離開後，小鳥一定會相當難受。

「可是……」

小鳥倚在結城肩上，流著淚說道：

「如果我露出難過的表情，結衣一定覺得很內疚……所以我得在她面前保持微笑，直到最後一刻。」

「……嗯。」

「但我可以對結城撒嬌嗎？只要現在就好。」

「嗯，當然可以。我之前就說過了，我希望妳在我面前耍任性。」

說完，結城就將小鳥擁入懷中。

「既然不想在結衣面前流淚，就在這裡哭個夠吧。」

「……好，嗚嗚，謝謝你。」

在那之後，小鳥在結城懷裡哭了好一會兒，結城也溫柔輕撫她的背。

◇

距離結衣搬離結城他們居住的公寓，還剩下一個禮拜。

這天結城中午才要開始工作，便一如往常地和小鳥度過早晨時光。

時值中午，結衣也因為學校放假，來到了結城家。

「結衣，還沒吃早餐嗎？」

「……嗯。」

「這樣啊。還有一點味噌湯跟炊飯，要吃嗎？」

結衣聽了拚命點頭。

「呵呵，我幫妳盛飯。」

見狀，小鳥便帶著微笑走進廚房。

（……小鳥在結衣面前似乎都表現得很開朗。）

距離去遊樂園那天已經將近一個禮拜，在那之後小鳥就不再掉淚了。

（……話雖如此，小鳥還是經常悶悶不樂的。）

結城看著小鳥，並意識到這一點。

還有一個禮拜，她真的撐得住嗎？

當結城如此心想時。

他不經意看向自己的手機，難得有收到訊息的通知。

會傳訊息給結城的頂多只有大谷或藤井這些人，頻率也不高，所以結城很少看手機。

「嗯？米娜小姐傳的？」

到底是什麼事呢——結城疑惑地讀取訊息。

『我有話要說，今天晚上會到你家一趟，可以請小鳥也過來一起聽嗎？』

◇

「好久不見，也有一陣子沒來拜訪了。」

晚上結城下班回到家，課業也複習完畢後。

結衣回到自家沒多久，米娜就出現在結城家門口，冰堂則儀態端正地站在她斜後方。

小鳥停下熨燙制服的作業，上前迎接兩人。

「歡迎光臨，米娜小姐、冰堂小姐，請進。」

聽小鳥這麼說，米娜回答「那就不客氣了」，便脫下鞋子走向結城所在的起居室。

「結城，百忙之中真是抱歉。」

「被米娜小姐這麼說，我還真是不敢當。」

結城苦笑著說。

「看來結衣已經回去了啊。」

「是啊，她才剛回去，應該還沒睡吧。對了，妳要跟我說什麼呢？」

結城猜想米娜應該很忙，便立刻詢問她的來意。

「這個嘛……」

米娜正要開口時，小鳥恰好端著放了熱茶的托盤過來。

「啊，小鳥妳來得正好，可以一起聽嗎？」

「咦？是，我知道了。」

小鳥將茶杯放在米娜面前後，便在結城身旁坐下。

「我想跟你們談談結衣。」

結衣？

結城和小鳥都充滿疑惑，不知道所為何事。

結果米娜說的話遠遠超出他們的預料。

「我想把結衣託付給你們。」

「什麼？」

「咦？」

兩人完全聽不懂米娜想說什麼。

看了他們的反應，米娜繼續說道：

「啊，我跟兩位細說吧。其實我原本就有這個打算了。我從小就在美國長大，所以沒什麼問題，但對結衣來說算是移居海外，環境變化會比過往的國內遷移更加明顯，應該會很辛苦吧？我認為不該強迫結衣配合我的工作移居美國，讓她繼續留在日本比較好。」

「……原來如此。妳之前也談過這件事，但當時妳說國內沒有可以託付的親戚。」

聽結城這麼說，米娜點點頭。

「沒錯，過去確實沒有，可是……現在結衣身邊有你們在。」

米娜看著結城和小鳥繼續說道：

「其實這兩個禮拜，我都有請冰堂來觀察你們。你們的一舉一動都會考量到結衣的感受，年紀輕輕卻相當可靠，完全不輸給大人。但照顧結衣的同時，又不會怠忽份內的工作，這點真的值得嘉許。」

啊，所以冰堂小姐才在慶生會以後這麼頻繁地出現啊。

結城這才明白。

「更重要的是，跟你們在一起的時候，結衣似乎很開心……」

說完，米娜笑了起來。

她的笑容帶著一絲自嘲，彷彿在說「在我身邊就不會這樣」。

「當然，由於這次跟以往不同，算是正式託付，在金錢方面我會全力支援。結城，你也可以減少工作量，多挪一些時間來讀書了。除此之外，只要你同意，我也會替你負擔大學學費。畢竟把一個孩子託付給你，這點費用還是少不了的。我還是會讓阿部太太留在結衣身邊，請她像平常那樣過來幫忙，算是結衣形式上的監護人。」

米娜提出條件後，用意志堅定的眼神直盯著結城和小鳥。

「如何？只要你們同意，我真心希望未來由你們來照顧結衣。」

說完，米娜深深低下了頭。

「……」

突如其來的提議讓結城沉默了一陣，但他心中早就有答案了。

「……我們當然願意，可是……」

說話的同時，結城看向小鳥。小鳥則點點頭，表示和他想法一致。

他和小鳥也不想跟結衣分開，這個發展反而正如他們所願。小鳥應該會特別開心吧。

只是……

「我覺得結衣應該想跟米娜小姐一起去美國吧？」

說話的人正是小鳥。

正因為她陪伴結衣的時間比任何人都要長，深切體會結衣思念米娜的心情，才會說出這種話。

然而米娜……

「我可不這麼認為。」

卻用帶著一半確信的口氣這麼說。

「好，總之你們算是同意了吧，感激不盡。」

米娜再次低頭道謝後，便將手撐在膝上用力站起身。

「那我現在就去告訴結衣。她應該還醒著吧？」

說完，米娜就往玄關走去。

「啊，我們也一起去。」

結城和小鳥也站了起來，急忙跟在米娜身後。

◇

「我有多久沒自己開門進來了啊。」

米娜說著這種話，並打開結衣家……正確來說是米娜和結衣家的大門。

「啊，打擾了。」

結城也跟著米娜踏進家門。

小鳥也緊跟在後。而冰堂似乎要在門外等待。

房裡的燈開著，看樣子結衣還沒睡。

「這麼說來，我是第一次來結衣家耶。」

「我只來過一次，當時有好幾個超商便當的空盒散落各地。現在她都在結城家吃飯，應該就沒有這個狀況了……」

「……原來如此。」

這時，結城發現了一件事。

米娜走進玄關的動作顯然不太習慣。

若是自家玄關，就會自然而然走進去，目光根本不會看向腳邊。

米娜卻低著頭脫鞋，彷彿初次來訪。

「米娜小姐，搬到這個家以後，妳回來過幾次？」

「我幾乎都住在公司或出差地的飯店，所以差不多兩次吧。」

米娜如此答道。

這個家的洗衣機、廚具或床鋪等家具，都跟結城家的截然不同，品質優良且價格昂貴。但所有家具都跟新品沒兩樣，彷彿要印證米娜的說詞一般。

唯一有使用痕跡的，就是擺在電視機前的沙發和矮桌。

此刻結衣正裹著被單坐在沙發上玩手機遊戲。

「……！」

結衣終於看見了米娜，驚訝地從手機抬起頭。

那條從頭包住全身的被單也順勢滑落地面。

「啊，那個……」

米娜直至方才的強勢作風和明朗口氣頓時一變，似乎在煩惱該如何開口。

另一方面，結衣也僵在原地好一會兒。

「……（點頭）。」

隨後竟深深一鞠躬。

「啊、啊啊，我才該跟妳問好。」

米娜似乎也受到影響，跟著低下頭來。

眼前這一幕讓結城心想：真是太不可思議了。

這裡是米娜的家，她跟結衣還是母女，所以只需要「我回來了」和「歡迎回家」這兩句話，她們的反應卻像外人來訪似的。

兩人站著不動好一陣子，隨後米娜才嘆了口氣並開啟話題。

「抱歉，結衣，妳等等應該要睡了吧。其實我有話想跟妳說。」

「……嗯，什麼事？」

「結城他們也同意這件事了……」

說完，米娜就將剛才告訴結城的那些話說給結衣聽。

我會自己搬去美國，結衣要不要留在日本？結城和小鳥也在。

大致就是如此。

趁米娜和結衣說話的期間，結城稍微看了看這間房。

剛剛進來的時候也看見了，但那些應該是米娜買來的高品質家具，就像展示品一樣完全沒有使用痕跡。

電視機前的矮桌和沙發卻截然不同。

矮桌上散亂著學校的教材、橡皮擦屑，還有零食碎屑及包裝袋。

沙發則因為長時間有人坐臥而滿是皺褶，還放著一條棉被。

看到靠牆的床鋪被單平整無痕，沙發和矮桌周邊以外的地方都十分整潔，大概就能猜到結衣在自家讀書、玩遊戲和睡覺時……都是窩在這張沙發上吧。

結城還在老家時如果也像這樣，就會被媽媽痛罵「真沒教養」，但沒有人會對結衣說這種話。

「……所以結衣，妳要不要跟結城他們留在日本？」

想著想著，米娜已經對結衣大致說完狀況，並如此問道。

「……」

結衣沉默地低下頭。

但結城認為結衣應該不會點頭同意。

他之所以會這麼想……是因為電視機前的遊戲機，以及疊在上頭的各種遊戲片。

結城對那些層層堆疊的遊戲片名稱並不陌生。

調查米娜的公司時，他才知道那些遊戲是公司在跨足手機遊戲前製作的。

跟家具不同的是，每個遊戲外盒都看得出拿取無數次的痕跡，可見結衣平常就會玩這些遊戲。

（之前玩遊戲時她說「沒玩過」，是指沒玩過對戰遊戲吧……）

除了手機遊戲之外，結衣一定把米娜做的遊戲全都玩過了吧。

結衣比想像中還要深愛米娜。

可是……

「……嗯，知道了。」

結衣卻這麼回答。

「咦？」

結城忍不住喊了一聲。

「是嗎……嗯，就這樣吧。」

米娜滿意地點點頭，接著看向結城他們笑著說：

「那就再次麻煩二位照顧我女兒了，去美國之前我會再登門道謝。」

說完，米娜就立刻起身。

「我先回去工作了，詳細狀況冰堂會再告訴你們。」

米娜拍拍結城的肩膀這麼說，結城卻一句話也答不上來。

米娜就這麼跟冰堂離開了家，大門也應聲關上。

「……」

「……」

寂靜充斥著整間房。結城走到結衣身邊問：

「吶，結衣，這樣真的好嗎？」

聽他這麼問，原本微微低著頭的結衣抬起了頭。

「……嗯。」

並這麼說。

（那就別露出這麼難受的表情啊。）

抬起頭的結衣露出了前所未有的哀傷神情，彷彿下一秒就要掉下眼淚。她緊咬嘴唇，似乎在強忍著什麼。

「嘖！」

結城立刻衝出家門。

他兩階併作一階地跑下公寓樓梯，衝到附近的停車場後，一輛黑色高級車正準備駛離現場。

「米娜小姐！」

晚上這麼做根本就是擾鄰行為，結城還是大聲喊著米娜的名字。

米娜似乎聽見了，只見後座的車窗降了下來。

「哎呀？怎麼了結城，我有東西忘記拿了嗎？」

說完，米娜還將手伸進自己的套裝內袋檢查。

「哈啊、哈啊……不、不是……」

因為全力狂奔而氣喘吁吁的結城說：

「是結衣……」

「嗯，往後就麻煩你們了。你上大學之後狀況可能會變，但在那之前——」

「我要說的也不是這件事！」

結城大喊道，彷彿要打斷米娜的話：

「我覺得結衣想跟米娜小姐一起去美國。」

這話由結城而非結衣本人來說，或許算是違反規則，但結衣那個表情實在讓人不忍卒睹。而且他覺得米娜誤會了。

「我剛才也說了，我不這麼認為。正常來說，怎麼可能會喜歡一個不常見面的人呢？」

這就是她的誤解。她們可能真的不常見面，但至少對結衣而言，米娜是世上獨一無二的母親。米娜完全不明白結衣對她有多麼思念。

「結衣只是不想耽誤米娜小姐的工作，其實她很愛妳。」

「這樣不就說不通了嗎？」

米娜這麼說。

「如果她真的愛我，應該會把我的工作視為敵人吧？因為會剝奪我們相處的時間啊，怎麼會刻意尊重呢？」

「這……」

結城本想反駁，話到嘴邊卻打住了。

對啊，為什麼呢？

因為結衣懂得體貼他人——這肯定是原因之一。

但總覺得這並不是這個年紀的孩子會「體貼父母的工作」到這種地步的理由。

「無論如何，這是結衣的選擇。身為母親，我想尊重她的選擇。」

「……」

被米娜這麼一說，不太喜歡對他人過度干涉的結城覺得相當痛苦。決定和米娜分開，確實是結衣自己做出的結論。

而且，既然不像小鳥當時那樣，放著不管就會繼續受到肉體上的虐待，尊重結衣的決定反而才是正確的。

結城本想收回勸言，小鳥說過的話卻在此時浮現腦海。

『正因為有你的關心，我才能得救呀。要對自己有信心。』

……妳說得沒錯，小鳥。

「不過……」

結城直盯著米娜說：

「去美國之前，請妳……再跟結衣好好談一談。」

「……」

米娜用銳利的目光緊盯著結城好一會兒……

「哎，好吧。你都說到這個份上了，我會再花點時間跟結衣談談。」

「謝謝妳。」

「……但我覺得不會有任何改變。」

說完，米娜就關上車窗，車子也駛離了停車場。

◇

此時另一邊——

「結衣……」

結衣在家中低頭坐著，小鳥則坐在她面前。

她一句話也沒說，只用自己的雙手包覆著結衣的手。

沉默瀰漫在兩人之間好一會兒。

「……」

「……」

小鳥在這種時候，完全說不出撼動人心的話語。

可能是因為不夠強勢，也可能是自己不夠主動。

所以她只能做這點小事。她總覺得這樣的自己非常沒用。

「……沒關係，這樣就夠了。」

結衣率先打破了沉默。

「這樣……就不會拖累媽媽了。媽媽一定也覺得，我不在身邊才能集中精神工作……」

「才、才沒……」

小鳥原本想說「才沒這回事」，但發現這句話對此刻的結衣來說毫無意義。

畢竟在現實中，她才剛被母親詢問：「要不要一個人留在日本？」

既然母親都這麼說，小孩子也只能全盤服從了。

「……而且結城的工作也能減量，可以多點時間和妳在一起喔？」

結衣看著小鳥這麼說。看到她的眼神，小鳥不禁屏息。

她對那種眼神並不陌生。

在被結城拯救之前，她已經在鏡子裡看過無數次了。

那是為了成全別人，將自己的心思深深埋藏在心底的人的眼神。

「……妳何必顧慮我們呢？」

小鳥盡可能用溫柔的嗓音這麼說。

可是……

「小鳥……」

結衣直視著小鳥。

「妳不希望……我留下來嗎？」

並開口問道。

「我、我當然不會這麼想啊，反而還非常開心呢。只是……」

被結衣這麼一問，小鳥也只能給出這個答案。老實說，如果可以，她確實希望結衣不要搬走。

「……結衣，我再問妳最後一次。這樣……真的好嗎？」

「嗯。」

這次結衣想也不想就回答了。

「……對大家來說，這是最好的選擇。」

結衣這句話的口氣，跟以往固執己見的時候一模一樣。

## 第七話　母女

目送米娜的車駛離後，結城回到公寓，小鳥也正好走出結衣的房間。

「結城……」

「結衣她還好嗎？」

小鳥搖搖頭。

「她的意志似乎很堅定。」

「是嗎……那孩子只要下定決心就講不聽了。」

這是結衣的優點，也是令人擔心的地方。

「我請米娜小姐再跟結衣好好談一談。」

「這樣啊，結城，你真厲害。哪像我……對結衣根本無從開口。」

小鳥沮喪不已，表情也沉了下來。

「我也沒那麼了不起，聽米娜小姐說了一大堆，卻回不了半句話。」

結城嘆了口氣後說道：

「……可惡，我只是個小孩子。之前看妳被清水帶走的時候也是這樣，但凡到緊要關頭被大人狠狠說上幾句，我就只會退縮。」

儘管被米娜稱讚行事可靠，完全不輸給大人，然而碰上這種場面，結城還是會覺得「自己只是個小孩子」。

「真的好想……趕快長大啊。」

好想成為那種不必為自己認為對的事委屈退讓的勇敢大人。

「是啊……我也好想趕快長大。」

說完，小鳥握住結城的手，結城也緊緊回握。

沮喪低落的兩人仰頭望天，卻發現滿月皎潔的光芒映照著整片夜空。

結城覺得那輪完美無缺的滿月在對自己說：你還只是個不成熟的小毛頭。

「不過……不成熟的小毛頭也有將心思傳遞給他人的渴望。」

結城這麼說。

「就算讓米娜小姐和結衣再談一次，結局大概也不會改變吧。」

米娜可能會說，與其將女兒留在身邊，不如讓結城他們收留她。

結衣應該會為了不拖累米娜，選擇留在日本吧。

「如果這是結衣的決定，我也覺得該照她的意思去做。米娜小姐的想法跟我一樣。」

結衣的人生主導權掌握在她手上。

即使她年紀還小，外人也不能對她做出的選擇說三道四。

「可是……」

結城緊緊握住空著的那隻手。

「那對母女對彼此的心情有太多的誤會。我希望她們可以確實了解對方的心情後……再下定論。」

「……是啊。」

「吶，小鳥。」

結城轉向小鳥。

並堅定不移地看著她的雙眼說道：

「我想解開米娜小姐和結衣之間的誤會，但可能會有點強硬又多管閒事……妳願意幫我嗎？」

「當然。」

小鳥立刻回答。

「這樣好嗎？雖然是我提議在先，但要是誤會冰釋，結衣可能就要去美國了喔？」

得知要和結衣分開後，小鳥這幾個禮拜都在強忍內心的落寞。

老實說，她應該希望結衣留下來。

但是……

「那孩子跟我很像，我希望她能幸福。」

小鳥卻這麼說。

她緊緊握住和結城牽著的手，彷彿要加深自己的決心。

「因為這樣太寂寞了。明明互相掛念，卻要分隔兩地。如果當時你沒有跑來我家，從爸爸那裡把我救出來，我們就不能在一起了。一想到這個可能性……我就覺得好難受。」

「……嗯，是啊。」

米娜這對母女，確實有點像第一學期的結城和小鳥。

他們都心繫著彼此，卻又因為太過牽掛而被迫分離。

這種時候的確需要一劑猛藥。

「好，就這麼辦。介入別人的親子關係，再『多管閒事』一次吧。」

結城如此說道，並用力回握小鳥的手。

◇

兩天後。

結束上午的工作後，結城直接穿著工作服，來到離自家大約有三站遠的一棟大樓前。

這棟大樓的二到五樓，就是米娜的遊戲製作公司辦公室。

來到大樓前方後，結城便用手機傳訊息表示「我到了」。

等了一會兒，電梯中便走出兩名美貌絕倫的女性。

一位是戴著眼鏡，身形嬌小且神情嚴肅的女性——冰堂。

而另一位——

「真是的，都已經有女朋友了還找我去約會。你也是個行動力十足的男人啊。」

當然就是米娜了。她挺直腰桿走了過來，身上還是平常那套紅色西裝套裝。

其實昨天結城傳了一則訊息給米娜：「妳之前說去美國之前會來道謝，那明天中午要不要一起去打擊場？我兩個工作之間正好有點空檔。」

「畢竟要感謝你日後照顧米娜的恩情，這點時間當然得挪出來了。」

米娜這麼說，並將平常穿的高跟鞋換成運動鞋，還做了伸展拉筋，似乎幹勁十足。

◇

「喝！」

金屬球棒用力擊出軟式棒球，發出「鏗鏘」一聲。

進入打擊區後，米娜用一記豪邁的強力揮棒將球擊飛，收尾時一隻手還放開了球棒。

「天哪，好像洋基隊的A-Rod選手喔。」

在防護網後方觀看的結城低聲說道。

結城他們坐著冰堂的車來到離鎮上有些距離的打擊場。此處因地價便宜而占地廣闊，所以打擊區離防護網有一段距離，米娜卻輕輕鬆鬆就將球打到防護網的最上方。

「呼，好久沒打了，真是痛快。」

米娜心滿意足地將球棒扛在肩上走出打擊區。

「真是漂亮的揮擊。妳以前常常練習揮棒嗎？」

先前聊到棒球時，米娜說自己比較喜歡看比賽，頂多只會去打擊場發洩工作壓力而已……

「啊，我剛創立這間公司時常常遇到瓶頸，一卡關就會來這邊紓壓，久而久之就練成這樣了。」

「妳到底遇到多少次瓶頸啊……」

在有棒球經驗的結城看來，米娜的揮擊完全不是「因為好玩隨便練練」的程度。要經歷過幾萬，甚至幾十萬次的揮棒練習，才能如此駕輕就熟。

既然她遇到瓶頸就會來打擊場，就代表經營公司相當不容易，讓她得揮棒紓壓這麼多次。結城真心感到佩服。

正因如此，也勢必會捨棄掉某些事物。

「米娜小姐……可以問妳一個問題嗎？」

「什麼？要問三圍的話，我上個月有量過，從上到下是96、55……」

「不不不，我不是要問這個。」

結城重整心態，用嚴肅的口吻說道：

「……對妳來說，孩子果然是一種重擔嗎？」

「嗯？孩子是指結衣嗎？」

「是啊。結衣真的是妳工作的絆腳石嗎？」

聽結城這麼說，米娜原本愉悅的表情頓時一變，不滿地皺起眉頭。

「哎，你是為了說這件事才找我過來啊……我要走了。」

說完，米娜就放下球棒準備離開。

「啊，等一下！麻煩再聽我說幾句。」

「我的心意不會改變，也會遵守約定再跟那孩子談一談，但屆時我還是會優先尊重她的選擇。」

「在那之前，請先回答我剛才的問題。結衣是妨礙妳工作的重擔嗎？」

結城鍥而不捨地再次追問後，米娜嘆了口氣說：

「哎……你還真固執。」

隨後，米娜看向打擊場的棒球九宮格區域。

她從錢包拿出一張千圓鈔遞給結城。

「對了，你以前是投手吧？如果你能在一千圓限額內全部命中，我就回答你的問題。」

米娜有些壞心地這麼說。

所謂的棒球九宮格，是用十二球打落九宮格面板的遊戲。

這個單純的遊戲其實比想像中還要難，要瞄準目標將九宮格面板全數擊落相當不容易，連職棒選手都很難完成。

一千圓只能挑戰六次，應該沒幾個人敢自信滿滿地說自己能在這六次之內完美擊落吧。

然而……

「全部命中就行了吧？」

結城留下這句話，就走進了棒球九宮格區。

◇

結城的父親在傳接球或投球練習中替結城接球時，會貫徹一個原則——他對超出守備範圍的球概不負責，而是讓結城自己去撿回來。

對結城來說，只要控球稍有失誤，就得跑大老遠去撿球才行。所以剛開始他覺得麻煩至極，也曾心想「把球丟回來的時候都投不準了，還好意思命令我啊，該死的臭老頭」。

但自他懂事以來就用這種方式在練習傳接球，所以也不知不覺養成了「精準命中目標」的習慣。

結城走進九宮格區後，先用第一場熱身，並掌握今天的身體狀況。

（今天握球的感覺比較緊繃啊。）

來到第二場，他就理所當然地將九宮格面板全部打掉了。

「……呼，體力果然掉了不少啊。」

結城已經氣喘吁吁了。雖然平常有從事體力勞動，肌力本身沒有退步太多，但心肺機能還是無可避免地下降了。

「……」

米娜有些啞口無言地張大了嘴。

「結城，你居然這麼強……」

「畢竟我把注意力放在控球上，球速逼不出來啊。」

「呃，那也很厲害啦。」

結城走出九宮格區後就對米娜說：

「米娜小姐，依照約定，請妳回答我。結衣是妳工作上的絆腳石嗎？」

結城不由分說的口氣，讓米娜放棄抵抗地說：

「你問我是不是絆腳石……那孩子也不太需要我操心啊。」

「那妳為什麼要疏遠結衣呢？」

「你誤會了。就像我之前說的，這次我是為了她好，才會提議讓她留在日本。」

「不，不只是這一次而已。」

沒錯，結城問的是平常的狀況。

「米娜小姐，妳確實很忙，但不可能完全騰不出跟結衣相處的時間吧？畢竟妳偶爾也會去先前招待我們的那間餐廳，也有時間像這樣跟我一起來打擊場。」

「……」

被他這麼一問，米娜完全說不出話來。

之前和米娜一起在那間餐廳吃飯時，她曾說過「想吃的時候就會來這裡吃飯」，才讓結城起了疑心。

也就是說，儘管米娜忙得不可開交，偶爾還是有幾個小時的時間可以開車去吃喜歡的美食。這段自由時間足以讓她悠閒地吃上一頓飯，雖然稱不上正規的休假，但應該也能帶上結衣一起用餐才對。

然而在結城的印象中，從來沒有看過結衣因為「米娜主動邀約」和她見面。結城只看過兩次，一次是結衣邀她參加慶生會，另一次就是來問結衣要不要留在日本。

而結城看來，米娜就像刻意在躲著結衣似的。

「米娜小姐，難道妳……很討厭結衣嗎？妳直說無妨，我們不會告訴結衣，也會替妳照顧她，畢竟我們是真心愛她。與其和不愛自己的人在一起，留在愛自己的人身邊自然是更好的選擇。」

「……我不討厭她，我可以對天發誓。」

「那妳為什麼要刻意躲她？」

「這……」

米娜有些欲言又止，隨後才在旁邊的長椅上坐下，嘆了一口氣。

「哎，算我輸了。其實我覺得這樣很沒面子，一直不太想說。」

米娜看著遠方開口說道：

「我不知道該怎麼和那孩子相處……是啊，不知從什麼時候開始，我不知道該怎麼面對她了。」

隨後，米娜說起了她的往事。

◇

爸爸漠不關心。

媽媽過度干涉。

簡單來說，米娜的成長家庭就是「腐敗」二字。

爸爸幾乎不回家，從紐約搬到日本後更是變本加厲。或許是身材高挑、五官深邃有形的外國長相讓他異性緣奇佳，他在外面有好幾個女人，幾個月能回家一趟就算不錯了。

媽媽則像在跟他作對似的，打算讓米娜活成自己心目中的模樣。舉凡穿著、娛樂到才藝課，米娜每天的行程都得遵照媽媽的安排，否則她就會大發雷霆。

過去米娜都咬牙忍下來了，沒想到媽媽居然在她房裡裝了監視器，爸爸知道後也沒有任何表示。到了這種地步，米娜的忍耐終於超出極限徹底爆發。看到米娜將監視器砸在地上狠狠破壞時——

「娜娜，妳怎麼不肯當我的乖寶寶呢？」

媽媽竟淚流滿面地這麼說。

「……下地獄去吧，臭老太婆。」

這一瞬間，米娜在心中徹底和他們斷絕了親子關係。

她一刻也不想待在這種可恨的父母身邊，拿他們的錢生活，也讓她覺得無比噁心。

因此米娜高中畢業後，就放棄了大學的錄取通知，搬到遙遠的城鎮展開獨居生活，也沒有將所在地告訴父母。

她在聲色場所賣命工作，除了賺取每日的收益和資金，也是為了成立遊戲公司。以前她最喜歡瞞著媽媽偷偷玩遊戲。

她不想依賴任何人，不想被任何人干涉，希望能靠自己活下去。

因此她在公司裡是個徹底的獨裁社長。事實上，在她的判斷和指示下，儘管速度不快，業績仍有穩定成長。

……她不相信任何人，她要憑一己之力活下來。

這個時候，她遇見了後來變成丈夫的那個男人。

那天，某間上市公司的董事帶著部下來到了米娜上班的高級酒店。

當天出勤的酒店小姐全數上陣，米娜也在準備回家的時候被勸留上桌接客。

（……嘖，我想早點回去想遊戲企畫耶。）

這天米娜的心情很差。

最近公司的業績遲遲停滯不前。

酒店小姐的收入雖然可觀，卻占去絕大多數時間，還得看客人的臉色。這一點讓她非常不滿。

（……我要趕快提升公司的業績，辭掉這份爛工作。）

米娜負責的客人名叫堀井卓也。

這個男人戴著圓框眼鏡，身材瘦弱，似乎不到二十五歲。和米娜不同的是，他的長相平凡至極，但溫和穩重的笑容讓人充滿印象。

然而米娜難得分出了寶貴時間上場接客，還不停找話聊，這個名叫堀井的男人卻只會有些困擾地哈哈笑，完全聊不起來。

米娜憑藉上天眷顧的美貌成了這間店的頭牌，對此她還是有相當的把握。

所以在焦躁感的驅使下，她忍不住大聲喊道：

「你有什麼毛病啊！我在接待你耶，幹嘛一副沒趣的樣子啊！」

以服務業的角度來看，這算是相當嚴重的問題發言。但米娜心想，要是老闆叫她滾蛋，她乾脆就回去專心做遊戲，這樣反而正好。

可是……

「啊，真是抱歉。其實我是被主管拉來的，所以很緊張。」

堀井這麼說，並老實地低頭道歉。

「……喔，原來如此。你不習慣來這種店吧。」

「是的。而且還有妳這種前所未見的美女作陪，我更不知道要說什麼才好了。」

「是、是嗎？」

被他這樣冷不防地直接讚美，米娜有些不知所措。

「而且我不像專務他們那麼會聊天……那個，如果可以，不如聊聊米娜小姐的事情吧？」

「我的？」

「是啊，興趣之類的也行。」

「興趣啊……應該是玩遊戲吧。」

「啊，真的嗎？我對遊戲也是很講究的喔。」

「哎呀，真好笑，居然好意思在我面前說這種話。總之先聊聊各自喜歡的遊戲機吧？」

完。

那天晚上一直到打烊時間，米娜和堀井的遊戲話題始終沒停過。

酒店小姐基本的待客之道，是讓客人多聊自己的事，然而那天米娜卻滔滔不絕地說個沒完。

兩天後，米娜在平常吃午餐的咖啡廳再次碰見堀井，兩人又聊了好長一段時間。這次除了遊戲話題外，還聊了彼此的私事。

不知不覺間，和堀井見面、吃飯聊天，已經變成米娜生活的一部分了。

某天米娜正在抱怨公司事務增加，讓她忙得不可開交時，堀井說道：

「米娜小姐，妳覺得自己無所不能，所以獨攬太多事情了。要不要再把一些工作分給員工呢？」

對當時的米娜來說，被人指手劃腳的感覺，比忽然在廁所看到蟑螂還要討厭。因此她有些惱羞成怒地心想：這混蛋在說什麼啊？

「不管是米娜小姐，還是妳的員工，看起來都對工作沒有熱情。遊戲是給人們帶來快樂的，若製造者也能適度放鬆，用自由愉悅的態度對待工作，想必能做出更棒的遊戲吧。」

但被堀井這麼說，米娜也覺得不無道理。

堀井這個男人雖然穩重又謹慎，有時說起話來卻句句逼人，就算米娜對他的意見頗有微詞，他也不會收回自己說過的話。

因此米娜將部分業務轉交給員工，也開始積極聽取員工的意見。於是公司的氣氛立刻融洽許多，停滯不前的業績也開始慢慢成長。米娜將這個喜訊告訴堀井後……

「這樣啊，真令人開心。」

堀井像是自己的事情一樣開心地笑了。見狀，米娜心想：

……嗯，有人陪伴的感覺也不賴嘛。

這是有生以來初次體會到的心情。所以米娜在休假時把堀井找來戶政事務所，把結婚證書拿給他，要他和自己成為一家人。

事發突然，堀井起初也嚇得目瞪口呆，隨後才有些訝異地說：

「真像妳的作風。」

說完，他也在結婚證書上填了自己的名字。

米娜以結婚為契機辭去酒店小姐的工作，隔年也懷上了孩子。

她在盡可能維持工作的狀態下，順利生下結衣。

結衣能健康誕生固然是件好事，她卻不肯吸吮米娜的母乳。看樣子有些嬰兒似乎會抗拒母親的哺乳。

醫生雖然告訴米娜，這不代表女兒討厭母親，但結衣在爸爸懷裡都很正常，要換米娜抱的時候就會立刻大哭。

「米娜，妳的眼神太嚇人了啦。」

卓也笑著這麼說。

這讓米娜深刻體會到自己不適合育兒這條路。

沒辦法。既然不會養孩子，那就在擅長的領域繼續努力吧，工作也是這個道理。

為了讓米娜專心處理公司事務，卓也成了家庭主夫，因此米娜比過去更加專注於公事。

在某個新進員工的提案下，他們首次跨足手機遊戲市場，獲得了巨大的成功，讓米娜的公司急速成長。

雖然和女兒的互動仍有些尷尬，但除此之外的生活可用「一帆風順」來形容。和卓也相識後，米娜覺得一切都順利地步上正軌。

然而……

卓也卻罹患了重症，發現時已經病入膏肓，甚至被醫生宣告最長只剩幾年的壽命。米娜忽然有種地面正在逐漸崩毀的錯覺。

正當米娜思考要如何和卓也共度剩餘的時光時。

「米娜，現在是公司最關鍵的時期，別太擔心我。妳願意替我賺醫療費，我就很開心了。」

「……知道了，阿卓。不管是國外的最新手術還是其他療程，我都會努力賺錢，讓你接受最好的治療。」

都已經被醫生宣告時日無多了，最新的手術根本一點用也沒有，但米娜還是用這個理由說服自己，全心投入工作。

如今想想，當時自己或許是不想面對陪伴左右的丈夫即將離世的現實吧。幾年後，卓也便撒手人寰了。

米娜因為忙於工作，沒能見他最後一面。

結衣在葬禮上完全沒有流淚，只是默默地看著米娜。

米娜從她的眼神中看出了譴責。

那時她才忽然重新思考：此刻在女兒眼中，自己是個什麼樣的人？

恐怕是一天到晚不回家，滿腦子只有工作，連父親死了也不肯回來的母親吧。

（……啊，我……）

不知不覺中，自己也變成了對家庭漠不關心，讓她深惡痛絕的父親那種人。

或許早就為時已晚，但米娜仍想為女兒做點什麼。

某天，女兒正在看遊樂園的導覽手冊。

應該可以空出一天時間帶她一起去。

於是米娜試著問道：

「下次帶妳一起去吧？」

女兒沉默了一會兒後。

「……不用了。」

卻搖搖頭拒絕了。

「是嗎……」

「……嗯，好好工作吧。」

啊，說得也是。

事到如今，她還有什麼臉面對女兒呢？

所幸女兒自己也能活得好好的。

嗯。

不然就讓孩子自由成長吧，畢竟自己也是這樣走過來的。

沒必要刻意和母親在一起，這孩子也有她自己的人生。

於是米娜再度埋首於工作之中。

事業發展得越來越順遂，米娜的公司版圖也不斷拓展，直到成為國內數一數二的遊戲開發商。

◇

「……就是這樣，簡單來說就是我太沒用了。我沒把握得到那孩子的心。」

米娜用這句話結束了話題。

那張美麗的容顏浮現一抹自嘲的笑意。

「……」

聽完米娜這番話，結城不禁陷入沉默。

該說不愧是白手起家打造出知名企業的人嗎？她的人生還真是充滿波折。

與此同時，結城也覺得米娜跟自己有點像，尤其是雙親這部分。結城和米娜都是在父母親的過度干涉下長大的人，雖然跟米娜家相比，他的境遇算是好上許多了……

「這樣啊……確實無法理解她會喜歡媽媽呢。」

「是啊，真的無法想像。」

連結城都覺得父母親很煩了，米娜更是打從心底痛恨吧。

所以她完全無法想像結衣會喜歡自己。

「正因如此，看到她在你們身邊很幸福的樣子，我才心想：『啊，結衣真的很喜歡這兩個人呢。』」

米娜直盯著結城說：

「至少她對你們的好感遠勝於我。所以就像你剛才所說，留在喜歡的人身邊才會幸福。我確實很想從結衣身邊逃開，卻也真心希望她能幸福。」

「……這樣啊。」

聞言，結城深深點點頭。

「換句話說，米娜小姐不認為結衣是絆腳石嘍？」

「我不會說對工作毫無影響。雖然不像一般母女有那麼多相處的時間，但我們偶爾還是會一起去吃飯或出門走走。畢竟她原本就不是需要我操心的孩子。」

「只是沒自信讓結衣喜歡上妳？」

「跟你們相比真的是毫無把握。別的不說，如果我是小孩子，也不可能喜歡我這種媽媽。」

「那如果……」

結城繼續說道：

「如果結衣其實很愛妳，想跟妳在一起，妳也願意帶她去美國……我說得沒錯吧？」

「那當然。我剛才也說了，我並不討厭那個孩子。雖然沒資格說這種話，但她可是我的寶貝獨生女。」

米娜用相當篤定的口吻這麼說。

「……這樣啊。」

聽她這麼說，結城再次深深點頭。

接著……

「嗯，那應該沒問題了。」

他開心地說道。

「咦？」

米娜愣著一張臉，完全摸不著頭緒。

「所以，只要讓妳知道結衣很愛妳，其實想跟妳一起去美國就行了吧？」

說完，結城就拿出手機按出App。

螢幕上出現了一段錄製影片。

影片中的人，正是在結城家裡談話的小鳥和結衣。

◇

——前幾天的傍晚。

「……這樣就行了吧？」

小鳥獨自將自己的手機調成錄影模式，塞入結城參考書的縫隙之間。她才剛拿到手機沒多久，使用上仍不太習慣，但這次只許成功不許失敗，因此她跟結城仔細地確認操作方法好幾次。

「之後得跟結衣好好解釋，向她道歉才行。」

簡單來說，她要偷偷錄影。過了一會兒，門鈴響了。

「……呼，開始。」

小鳥做了個深呼吸，按下螢幕後開始錄影。

接著便一如往常地走到玄關開門。

「……我來了，小鳥。」

「嗯，歡迎妳，結衣。」

結衣跟平常一樣，放學後就過來拜訪。

一進家門，結衣便動動鼻子聞了聞。

「好香喔……」

「嗯，今天是放了很多蔬菜跟肉的火鍋喔。」

結衣舉起雙手擺出歡呼的姿勢。小鳥將火鍋食材裝滿整個盤子，連同麥茶及剛煮好的白飯放在托盤後端上桌。結衣已經坐在桌前等候了。

「……我要開動了。」

結衣禮貌乖巧地合掌說完，便開始用餐。

小鳥將自己的份裝好後，也同時開動。

將近兩個月的時間，兩人都會像這樣一起吃飯。

但小鳥今天有個非做不可的任務。

「對了，結衣。」

「……嗯？」

吃著豬五花肉的結衣看向小鳥。

「妳媽媽，最快下週就要搬走了。」

小鳥刻意提起這個話題。

「……嗯。」

看到結衣稍稍低下頭，小鳥有些心疼。

但正因如此，現在才得狠下心問清楚不可。

「吃完飯以後，我想跟妳聊一聊，可以嗎？」

結衣默默地點了點頭。

◇

「我吃飽了……今天也很好吃。」

吃完晚餐後，結衣向小鳥鞠躬道謝。

「嗯，謝謝妳。」

吃完自己的份後，小鳥也開口回禮。

話雖如此，因為結城和結衣每次都會對自己說餐點很好吃，小鳥也覺得這頓飯做得很有價值，同時覺得自己好幸福。

而自己接下來要做的事，或許會親手毀掉這份幸福的一部分。

「……小鳥，妳要說什麼？」

「嗯。」

小鳥先站起身，隨後又在結衣身旁坐下。

「結衣，我想再問一次妳的想法，真的是最後一次了。」

她正視著結衣問道：

「關於媽媽的事……妳到底想怎麼做？」

「……」

她發現結衣那雙碧藍眼眸的深處有些動搖。

「……我之前就說過了。」

「對，妳有告訴我。」

「我要留在這裡……不跟媽媽去美國。」

「這是妳的真心話嗎？」

結衣點點頭。

「……因為這樣，大家都會開心。」

「是啊……媽媽應該可以全心處理工作，結城的工作量也能減少，有更多時間專心讀書。而且……」

小鳥將手放在自己的胸口說：

「往後我也可以陪在結衣身邊。」

對小鳥而言，這是令人雀躍萬分的事實，因此她不禁笑逐顏開。

「可是……」

小鳥努力擺脫這份喜悅，繼續說道：

「這並不是妳的期望，而是周遭的期望。」

小鳥將自己的手放在結衣的小手上，溫柔地握住。

「撇除我們的立場不談，我想聽聽結衣自己的願望。麻煩妳只考慮自己的想法，再來告訴我。」

這一次，小鳥將過去結城告訴自己的那句話，送給這位和自己相似的少女。

「我想聽聽結衣的任性話。」

「……」

有好一段時間，結衣就讓小鳥握著自己的手，一句話也沒說。

小鳥也默默無語，只是目不轉睛地看著結衣的雙眼。

別擔心，沒事的，老實說出自己的心情吧——小鳥的眼神中飽含了這份言外之意。這股沉默持續了一分多鐘後……

「其實……」

小鳥才聽見結衣的細微嗓音。

「……我想留在媽媽身邊。雖然我也很喜歡小鳥，但還是不想跟媽媽分開。」

結衣彷彿用盡全力才擠出這句話。

「謝謝妳把真心話告訴我。」

說完，小鳥面帶微笑地摸摸結衣的頭。

明明是自己提問在先，但實際聽到結衣說「想和媽媽一起走」時，小鳥心中仍有些落寞，同時也能深刻體會結衣的心情。對孩子來說，母親果然是特別的存在。

「是呀，如果可以跟媽媽一起生活，我也想這麼做。」

小鳥回想起小時候感受到的母親手掌溫度並這麼說。雖然現在媽媽已經不在了。

「可是……」

結衣又給了個但書。

「我還是要留在這裡……如果媽媽希望我這麼做，我就不能要任性。」

「結衣……」

她從結衣這句話中感受到強烈的決心。

先前結城被米娜如此質問時，同樣也無言以對。這個年紀的孩子，不可能只因為「要當個乖孩子」這種理由，就壓抑自己到這種地步。

「妳為什麼要這麼勉強自己呢？」

聽小鳥這麼問，結衣答道：

「……因為爸爸也是這樣。」

結衣所說的，是米娜的公司業績正好開始起飛，爸爸卓也卻病倒時的事。

◇

當時的情景仍歷歷在目。

白色牆面、白色床鋪，以及床上那個瘦骨嶙峋的爸爸。

一身套裝的媽媽抽空前來探望，滿心擔憂地和消瘦的爸爸說話。

結衣用比現在更低的視線高度，仰頭看著父母親。

當時米娜仍堅持每天來醫院探病。

然而那一天，結衣的父親卓也卻對米娜說：

「米娜，現在是公司最關鍵的時期，別太擔心我。妳願意替我賺醫療費，我就很開心了。」

雖然結衣一無所知，但當時正好是米娜公司業績大幅成長的關鍵時期。聽卓也這麼說，米娜顯得一臉哀痛。

不過她立刻變回平常那種堅強的表情。

「……知道了，阿卓。不管是國外的最新手術還是其他療程，我都會努力賺錢，讓你接受最好的治療。」

並做出這番宣言。

「嗯，這才是妳的作風。」

爸爸帶著一如往常的沉穩笑容這麼說。

「結衣可以繼續待著，待會兒我再請冰堂送妳回家。」

「……嗯。」

看到結衣點頭後，米娜就直接轉身走出病房。

「……」

「……」

米娜離開後，病房再度安靜下來。

「呼……」

爸爸深深嘆了一口氣，將全身的重量壓在床上。

隨後……

「嗚……嗚啊……」

爸爸哭了起來。在結衣心目中總是沉著冷靜的成熟爸爸，居然拚命壓低聲音哭個不停。

「……爸爸？」

「啊，對不起，結衣。忽然這樣嚇到妳了吧。」

話雖如此，他臉上的淚珠仍接連不斷地落上被單。

「……我真的好想告訴她，要她放下公司陪在我身邊，直到臨終那一刻。」

爸爸說了句「可是」，並摘下眼鏡抹去淚水。

「那樣太沒用了，我做不到。米娜付出了多少努力才換得如今這番成就，我一直都看在眼裡。現在她好不容易等到千載難逢的機會。」

爸爸摸著結衣的頭說：

「這件事要對媽媽保密喔……結衣。」

「……嗯。」

看著眼睛紅腫的爸爸笑著這麼說，結衣也只能點點頭。

爸爸住院後，偶爾會有幫傭來家裡幫忙，所以結衣一個人待在家裡的時間變多了。

某一天。

結衣因為發燒臥床不起。幫傭雖然會照顧她，但她還是寂寞得受不了，忍不住打電話到米娜的公司。

櫃檯將電話轉接給米娜後，米娜只說了一句「等我」，便把電話掛掉了。

過了一會兒。

「感覺怎麼樣，結衣？」

媽媽就趕來結衣身邊了。

結衣現在還記得很清楚，當時她覺得好開心、好充實，難受的感覺立刻減輕不少。

可是……

「是，麻煩您了。這次……真的很抱歉。」

照顧結衣時，米娜不停接起電話拚命道歉。

之後問了米娜公司的員工才知道，在米娜回去照顧結衣的期間，錯過了一份數億圓的契約，被其他公司簽走了。

啊，自己居然闖了這種大禍。

結衣這麼想。

爸爸那麼辛苦地支持媽媽的工作，卻被我搞砸了。

幾年後，爸爸在醫院中往生了。

媽媽全心投入工作，幾乎不回家。

結衣也不用再去醫院探望爸爸，真的變成孤零零一個人了。

◇

「可是……我絕對不能說自己很寂寞。我已經決定要像爸爸那樣，不能成為媽媽的負擔。因為媽媽太溫柔了，一定會為了我拋下工作。」

「結衣……」

聞言，小鳥完全不知道該說什麼才好。

結衣年紀雖小，這份決心卻不容質疑。

她的眼神和初識之時一模一樣，充滿堅定的意志。

就算小鳥出言勸說，她的心意恐怕也不會改變。

除非是結衣母親本人來說……

「結衣，妳真是個溫柔的好孩子。」

面對這個體貼又堅強的少女，小鳥也只能溫柔地摸摸她的頭。

她將視線移向藏著手機的地方。

（……之後就拜託你了，結城。）

◇

「……很抱歉，偷偷錄了和妳女兒談話的影片。但我們無論如何都想讓妳知道結衣的心情。」

結城將影片放完後，就在米娜面前把檔案刪除。

米娜已經明白結衣的真心，自然就不需要這段影片了。

「……」

米娜愣了一會兒，始終不發一語。

隨後……

「……阿卓那傢伙真是的，耍什麼帥啊？」

說完，她微微一笑。

米娜立刻從長椅上起身對結城說：

「結城，不好意思，我還有急事，約會只能到此為止了。」

「好，占用妳那麼多時間，我才該說抱歉。待會兒打工的前輩會送我過去，所以不用開車送我了。」

「……是嗎？謝謝你啊。」

留下這句話後，米娜就轉身背對結城，走向冰堂駕駛的車。

「結衣現在應該在跟小鳥收拾搬家的行李喔！」

結城對米娜的背影大聲喊道。好，他們能做的都已經做了。

再來就看這對母女要怎麼處理了。不論結果如何，結城和小鳥都已經決定要坦然接受。

「……好，趁前輩來之前再打幾局吧。」

米娜給的一千圓還沒用完，結城就把剩下的錢換成代幣並走進打擊區，久違地拿起球棒。

◇

看到冰堂在停車場靜候的那台車後，米娜便坐進了車廂後座。
「您很久沒來打擊場了，感覺如何？」
冰堂用一如往常的平淡嗓音這麼問道。
「還不錯，可以轉換心情。對了，待會兒先別去辦公室……」
「要去家裡嗎？」
「……」
米娜驚訝地看著冰堂映在後照鏡上的臉。
平常總是冷若冰霜的那張臉，竟帶著一抹淘氣的壞笑。
「社長，您可以再多跟我們說說自己的私事啊。」
「這樣啊……原來我在不知不覺間又唱起了獨腳戲。」
……阿卓，沒有你在身邊，我果然什麼都做不好。
米娜在心中對過世的丈夫這麼說。
「出發。」
冰堂變回往日的模樣，將車頭轉至正確的方向後便開上道路。

聽著高級車安靜的行駛聲，米娜腦海中浮現出當時懷上結衣的回憶。

起初她只覺得「啊，果然懷孕了」。

他們本來就沒有刻意避孕，說來也是理所當然，不過米娜的月經量天生就比較少，實在很難想像自己竟能懷孕。

但生產確實伴隨著許多麻煩，不僅會害喜，肚子變得又大又重，荷爾蒙和神經系統也會失衡，導致情緒不安定。所有問題都對她的工作產生了影響。

她每天都在想：神明是在開什麼玩笑，為什麼非得讓我遇上這堆麻煩事才能生下小孩呢？

尤其分娩的時候真的很痛。

混帳王八蛋，我再也不要懷孕了——米娜將這股怒火化為燃料，強忍疼痛，好不容易才生下孩子。

然而，當她看到剛剛降生於世的孩子時。

（……啊，怎麼這麼可愛啊。）

沒錯，雖然這個感想平庸至極……但忍痛生下的孩子真的好可愛。

可愛得不得了。

實在太可愛了。

甚至讓她立刻忘了分娩的疼痛。

嬌小無比，手腳短短的，好脆弱，好像丟著不管就會馬上死掉一樣，真是個可愛的小天使。米娜心想：我想讓這個孩子幸福健康地長大。

不能像自己這樣對雙親深惡痛絕，還將這股恨意化為生存的動力。而是想讓她知道，有人陪在自己身邊的人生是幸福的。

所以才將她取名為「結衣」。

希望她與至親好友的關係緊密連結，活得幸福快樂——米娜懷著這份心意，替孩子取了這個名字。

自己也要成為能打造出溫暖家庭的母親，讓女兒能有這種溫暖的思想。

當時米娜確實是這麼想的。

「……那時候的心情，我早就忘得一乾二淨了。我真是個沒用的媽媽。」

米娜有些自嘲地低語道。

「到了。」

說完，冰堂將車停下。米娜下車後，便往公寓走去。

明明是回家的路，四周的景色依然如此陌生。

這也是自己總對女兒避不見面的證明。

米娜一步步踏上公寓樓梯。
遲了這麼多年，這次一定要好好面對女兒——米娜懷著這股決心繼續往上走。
用鑰匙打開門走進家中，發現確實如結城所說，女兒正在和小鳥整理搬家的行李。
她們正好要把電視機前的遊戲機收進紙箱。
看到自己突然現身，結衣嚇了一跳。米娜看了小鳥一眼，小鳥就輕輕點頭並從結衣身邊離開，好讓米娜方便談話。米娜心想：真是個乖巧的好孩子。
米娜在自己的女兒面前坐了下來。
「……有什麼事嗎？」
感覺好久沒和她面對面講話了。以前米娜實在沒辦法看著她的臉說話。
「吶，結衣……有些話一直沒告訴妳。」
「……嗯。」
「其實我，希望妳能跟我一起去美國。」
米娜突如其來的告白，讓結衣瞪大雙眼。
「……真的嗎？」
「嗯，真的。」
米娜目光筆直地看著女兒的眼眸。
「如果妳願意……要不要跟媽媽一起去？」

「……」

結衣僵在原地好一會兒，久久不能言語。隨後……

「……嗯。」

她才輕輕點頭。

「真的可以嗎？妳好不容易才跟結城和小鳥變成好朋友，這樣就沒辦法待在他們身邊了。妳還是想跟我一起去嗎？」

「嗯。」

結衣眼眶含淚地說：

「雖然媽媽嗓門很大，有點不講理，每天都不回家……我還是想留在妳身邊……」

「結衣！」

米娜將女兒擁入懷中。

嬰兒時期的結衣，只要被米娜一抱就會哇哇大哭。擔心再度被女兒嫌棄的米娜，在那之後就不曾抱過結衣。擁在懷裡的女兒，不知不覺變得這麼大了。

「對不起……媽媽太膽小了，一直不敢了解妳的心……」

「可能會給妳的工作添麻煩，但是……我還是想跟媽媽在一起。」

結衣眼中流下了淚水。

勇敢溫柔的小女孩長久以來隱忍的寂寞，化作斗大的淚珠滑落臉頰。

「嗯，其實我也是……一直、一直都想這麼做。」

這一次，女兒沒有拒絕自己的擁抱。

可愛的女兒在自己懷裡靜靜地流著淚，米娜也溫柔地擁著她。

她不經意看向前方，彷彿看見了亡夫的身影。

（……阿卓，你不在身邊，讓我沒什麼信心，但往後我會用自己的方式好好努力。）

米娜在心中如此傾訴後，卓也的身影露出了那抹令人懷念的沉穩笑容。

# 尾聲　結城與小鳥

結衣和米娜搬出公寓後，又過了一週。

結城的生活再度變回往日的模樣。

早早起床去學校上課，工作到夜深時刻，回到家和小鳥溫存後就上床就寢。儘管偶爾想起那個金髮小女孩時仍有些寂寞，大致上來說算是回到結衣出現以前的生活了。不過……有件事並沒有恢復原樣。

「……給我等一下！」

午休時間，結城在走廊上被一個似曾相識的聲音給喊住。

「嗯？啊，妳好像是小鳥的同學——」

「是吉田！吉田小百合！算了，我的名字不重要啦。」

這位將頭髮又染又燙的清秀女孩，應該就是小鳥的同學和朋友。

「你對小鳥做了什麼？」

「咦？」

「她最近很沒精神耶，跟她講話也總是心不在焉……」

「啊～」

結城心裡已經有答案了。

「這樣啊，果然是那個原因……」

「你說『果然』？你到底幹了什麼好事！」

吉田瞪著結城說：

「她這個人溫柔體貼，覺得難過也忍著不說……所以要是你仗著男朋友的身分吃定她這一點，讓她傷心難過，我絕對饒不了你。」

吉田氣沖沖地逼近結城，感覺都能聽到她的低吼聲了。

她原本就有一張氣勢凶猛的漂亮臉蛋，更是魄力十足。

但結城並不恐懼，反而安心不少。

「……妳是個好女孩啊。」

「啥？」

吉田愣住了。

「要繼續跟小鳥當好朋友喔。」

「用得著你說嗎？她這輩子都是我的閨密！」

「小鳥才剛轉來兩個月耶……」

結城有些傻眼地說。算了，她似乎很喜歡小鳥，這才是最重要的。

「不過也對，是該有點行動了。」

結城如此低語道。

◇

當晚，結城打工結束回到家後先洗了個澡，並在書桌前複習課業，等小鳥準備晚餐。

喀鏘！

廚房卻傳來一股巨響。

結城疑惑地站起身，急忙走向廚房。

「小鳥，妳沒事吧？」

「……嗯。抱歉吵到你了，而且盤子也……」

小鳥的視線前方，是結城經常使用的盤子，如今已經摔在地上裂成兩半了。

「沒關係啦。別說這些了，妳有受傷嗎？」

「啊，嗯……我沒事。」

在結城心目中，小鳥總能細心又俐落地將家事處理妥當，反而還覺得她有點太仔細了。

最近卻常常發生這種事。

原因顯而易見，因為結衣離開了。

結衣搬走後，小鳥在做家事時，偶爾也會有些心不在焉。

這也難怪。畢竟小鳥真的很疼愛結衣。

原以為她會慢慢恢復原狀，但她似乎比想像中更放不下結衣。

「唔嗯～」

看著她收拾破盤子的模樣，結城相當擔心，不知該如何是好。

（……啊，對了。）

結城忽然想起某件事。

這麼說來，從他們和結衣一起睡覺的那天起，他都沒有和小鳥同床共枕。

「吶，小鳥。」

「怎麼了？」

「今天要不要久違地一起睡？」

若結衣的離開讓小鳥覺得寂寞，自己就花更多時間陪在她身邊，或許能讓她好過一些。

這個想法雖然單純，但結城也只想得到這個方法了。

◇

睡前的準備工作結束後，結城只留下一盞小夜燈，便往床上一躺。

「過來吧，小鳥。」
他招招手，要小鳥躺在自己身旁。
「呃……」
小鳥害羞地忸怩著身子。
「怎、怎麼啦，不是一起睡過好幾次了嗎？」
穿著粉色輕薄睡衣的她表現得如此羞澀，真是可愛到讓人不知所措。
「可是……被你這樣特地邀請，我覺得好害羞。」
「妳之前不也主動邀我過去嗎？」
「那、那是順勢而為，而且又不是只有我們兩個，結衣也在啊。」
說到這裡，小鳥猛然驚覺，並低下頭去。
「對啊，當時結衣也在……」
「……小鳥。」
看來她的狀況滿嚴重的。
所以結城現在才該以男友的身分好好安撫她。
結城溫柔地牽著小鳥的手，主動向她緩緩靠近。
在結城的帶領之下，小鳥才終於躺上床，結城便將她攬進懷裡。
結城的臂彎中充滿了小鳥纖瘦卻柔軟的觸感，以及洗髮精的淡淡香氣。

「……結衣離開後，妳果然很寂寞吧？」

「……是啊。」

小鳥躺在床上，將身體靠向結城的胸膛並回答道。

「所以我才覺得小鳥很偉大。明明希望結衣留下來，卻為了她幫忙解開母女之間的誤會。搬家那天，妳也從頭到尾都笑著送她離開。」

沒錯，小鳥遵照自己的承諾，帶著笑容送結衣啟程。

為了不讓結衣發現自己搬走後會讓小鳥傷心難過。

「不過，送結衣離開，只剩我們倆的時候，我還以為妳會哭呢，結果並沒有。」

結城溫柔地撫摸小鳥的頭髮。

「沒關係啊，難過的話就哭吧，結衣已經不在了。」

「結城……謝謝你。但你說的不全然正確。」

小鳥輕輕搖搖頭。

「結衣搬走後，我確實很寂寞，但也覺得十分慶幸，所以並不後悔。只是……結衣離開以後，讓我有點害怕。」

「害怕？」

「嗯。」

小鳥用泫然欲泣的顫抖嗓音說道：

「媽媽、爸爸，還有結衣，讓我開始懷疑，是不是自己重視的那些人都會離我而去……」

「啊……」

結城心想：是啊，難怪小鳥會有這種想法。

小時候因為自己的任性，失去了最愛的母親。

雖然發生了很多事，一直住在一起的父親現在卻進了監獄。結衣也搬去美國了。

「不管是媽媽、爸爸，還是結衣，全都消失了。」

曾經陪伴在小鳥左右的至親好友，確實都已經不在她身邊了。

「如果，我是說如果，連你都從我眼前消失……我開始擔心起這件事。如果真的發生了，我……」

小鳥雙手環住結城的背，並收緊力道緊緊抱住。

她的身體和聲音都帶著一絲顫抖。

「結城，你會陪在我身邊吧？永遠不會離開我吧？」

「……那當然。」

「我好害怕……真的好害怕。」

小鳥……哭了起來。斗大的淚水不停滑落。

（……現在不管對她說什麼，都無法緩解她的不安吧。）

結城這麼想。

就算口頭承諾會永遠在一起，現實卻是每個人都從小鳥身邊離開了。最重要的是，結城無法保證未來能繼續陪著她。畢竟也有可能像小鳥的母親那樣，遭逢突如其來的變故。

可是……雖然無法確切證明或加以保證……

「小鳥，把頭抬起來。」

聽結城這麼說，小鳥緩緩抬起頭。

結城再次感嘆自己的女朋友真的很可愛，連哭腫後紅通通的雙眼都讓人憐愛不已。

「眼睛閉起來。」

「咦？好，我知道了。」

「小鳥，我愛妳。」

小鳥乖乖聽話，閉上眼睛。

說完，結城就將自己的唇貼上小鳥的唇瓣。

「……嗯！」

起初小鳥嚇得渾身一震，隨後似乎才意識到是什麼情況，並放鬆力氣靠向結城。

可愛女友的嘴唇相當柔嫩，和自己零距離緊貼的感覺讓人心蕩神馳。

在這份舒適的感受中徜徉幾秒後，兩人才緩緩離開彼此。

「結城……」

小鳥一臉訝異地看著他。

「吶，小鳥。沒有人知道未來會如何變化，所以我無法保證能永遠陪在妳身邊。」

小鳥點點頭。正因她明白這個道理，才會如此不安吧。

「可是啊。」

結城直視著小鳥的雙眸說：

「即使無法保證，但我還是要發誓，我會永遠守著妳，絕對不會離開。只要妳希望，哪怕只能多活一天，我也會活得比妳更長久。」

結城用堅定的嗓音如此承諾。

正因為毫無保證和根據，才能說得如此斬釘截鐵。

「和我永遠在一起吧，小鳥。」

「……」

聽了結城這番話，小鳥面無表情，沉默了好一陣子。

看到她的反應……

（咦？糟糕，我是不是太誇張了？）

結城開始擔心起來。

仔細想想，剛才他名正言順說的這些話，根本就是求婚台詞吧？

而且還說得振振有辭。

小鳥只是高中生，忽然聽到這種話，思緒應該會亂成一團吧。

「那個，小鳥，不必把我剛才說的話當真。該說是要表明決心，還是不想讓青春留白……唔喔！」

小鳥又緊緊抱住了結城。

而且力道比剛才還要強上好幾倍。如果剛才是「抱抱」，這次的感覺就是「抱緊處理——！」的程度。

「不行，我要當真！」

小鳥用不容分說的語氣說道。

「我都聽見了，那就一言為定。你會永遠陪在我身邊吧？哪怕只能多活一天，你也要活得比我久吧？」

「喔、喔，那當然。」

結城原本就沒打算撒謊，也不是隨口說說而已。

「不過，真的可以嗎？這可是一輩子啊。呃，但我很開心啦。」

「當然呀。不然明天就去遞交結婚證書吧。」

「不不不，我才十七歲耶！」

「你不是想看我耍任性嗎！」

「這是法律問題好嗎！」

久違的共眠之夜，就在這樣有些羞怯的互動中，夜色漸漸深了。

「哎呀～但幸好小鳥總算打起精神了。」

「是啊，真是太好了。」

在那之後又過了幾天。

午休時間，結城像平常一樣打開小鳥做的便當，跟坐在後面的大谷聊天。

「我記得上禮拜找她聊天時，她也有點恍神。對了，今天第二堂課換教室的時候我有碰到她，她居然用嗨到有點詭異的態度跟我搭話耶。」

那天晚上過後，小鳥就完全恢復正常了。

不僅如此，感覺還比先前更加活力充沛。

結城今天的便當也是充滿講究的奢華菜色。

「她忽然變得太有精神，嚇我一大跳。結城，你到底做了什麼？」

「咦？啊～該怎麼說呢……」

我吻了她，還獻上了永恆的愛情誓言。

要是真這麼說，大谷一定會露出看著蠢蛋的眼神。

（……不過，這麼說來。）

仔細想想，他們終於接吻了。

直到上個月，結城還說不知該如何進展到接吻那一步，結果時機一到就順勢而為了。

小鳥的嘴唇相當柔嫩，閉著眼等待親吻時的表情也超可愛。

「……呵呵呵呵。」

想起美好回憶，結城不禁竊笑。

「幹嘛啊？很噁心耶。」

大谷傻眼地這麼說。

與此同時。

「翔子～」

忽然傳來一道爽朗無比的嗓音。

只見藤井亮太打開教室門走了進來。

這位男同學是超過190公分的高挑帥哥，成績優異、社交能力超強，還是棒球隊的王牌選手，可說是超一流的優質型男。但他居然對大谷愛得死去活來，真不知道他在想什麼。

這麼說來，以前經常看他一到午休時間就跑來跟大谷告白，又被狠狠甩掉，簡直像例行公事一樣，最近卻很少見。

藤井對大谷揮揮手。

「今天也要等我練完球喔～」

「好好好。會拖很晚的話再打給我。」

「我還會傳充滿愛意的訊息給翔子唷。」

說完，藤井還眨了眨眼。

「別這樣，刪除歷史訊息很麻煩。」

大谷還是一樣狠毒。

但藤井也已經習以為常，並沒有放在心上。聽了大谷的回答後，他開心地笑著說「那晚點見～」並離開教室。

他那鋼鐵般的堅強心靈，讓結城有點想向他看齊，又有點不太想。

「大谷，妳今天放學要等藤井一起回去喔？」

「是啊，最近我們常一起回家。」

「哦，還真難得。快考試了，是要請他教妳讀書嗎？」

大谷的基本成績雖然都有超過平均值，無奈只有數學一科爛到極點，每次都得參加補考。

「也不是。哎呀，我沒告訴你嗎？」

「什麼？」

「我跟藤井在一起了。」

「是喔～啊，小鳥傳訊息來了。」

小鳥傳的訊息內容是「結衣傳照片給我了！」還附上結衣跟米娜在美國旅行時，親密地站在一起的照片。

看來這對母女的關係越來越融洽了。

太好了呢，結衣。

結城在心中對身在遠方的少女悄聲說道。

「……嗯？」

「怎麼了？」

「大谷，不好意思，剛剛那句話可以再說一次嗎？」

「我跟藤井在一起了。」

「哦～是喔。」

「是啊。」

「原來如此。」

「……」

「……」

「……」

「妳說什麼～～～～～～～～～～～～～～～～～～～～～～～～～～～～～～～～～～～～？」

嗚嗚，我終於也可以在午休時間跟朋友一起吃便當了……
我要開動了！
啊哈哈哈……
哇啊!! 吉田同學的便當看起來五彩繽紛，感覺好好吃喔。
是自己做的嗎？
どや！
那還用說！
我一直很想要跟朋友交換菜色吃。
每天都很認真研究。
結果過了一年也沒等到這一天，呵呵呵……
ずぅん
那、那個，要不要跟我交換吃？

# 後記

各位讀者好久不見，我是岸馬きらく。

《躍女》第二集，各位覺得滿意嗎？

不過，黒なまこ老師的插圖還是這麼神，讓我讚嘆不已。這次您在繪製結衣和米娜時還特別傾注心力，讓岸馬不禁嘆為觀止。

此外我也必須說，らたん老師的角色設計能力有夠驚人，居然能用岸馬提供的那種摸不著邊際的指定設計精準地繪製成圖。當我收到設計草稿時，我一個人在房間都忍不住起立鼓掌了。

這讓我再次體會到，有這些出色創作者的支持，本作才得以誕生。

最後我想說，第二集的結尾讓作者本人也相當衝擊，第三集的劇情自然是以那名角色為主了，敬請期待。

恭喜《躍女》
第二集上市！
插圖畫到一半，我也忍不住淚流滿面了…
能遇見《躍女》真是太幸福了!!

恭喜第二集上市！
主角情侶和其他
新角色的魅力
全都不容錯過！
Ratan

## 刮掉鬍子的我與撿到的女高中生 Each Stories

Kadokawa Fantastic Novels

作者：しめさば　插畫：ぶーた

**「沙優，話說妳果然很會做菜耶。」**
**「啊，是……是嗎？」**

從荷包蛋的吃法，吉田和沙優窺見了彼此不認識的一面；要跟意中人去看電影，三島打扮起來也特別有勁；神田忽然邀吉田到遊樂園約會……這是蹺家ＪＫ與上班族吉田的溫馨生活，以及圍繞在兩人身邊的「她們」各於日常中寫下的一頁。

**NT$220/HK$73**

國家圖書館出版品預行編目資料

救了想一躍而下的女高中生會發生什麼事 ?/ 岸馬きらく作 ; 林孟潔譯 . -- 初版 . -- 臺北市 : 臺灣角川股份有限公司 , 2022.07-
冊 ; 公分
譯自 : 飛び降りようとしている女子高生を助けたらどうなるのか ?
ISBN 978-626-321-598-6( 第 2 冊 : 平裝 )

861.57 111007276

Kadokawa
Fantastic
Novels

# 救了想一躍而下的女高中生會發生什麼事？ 2

(原著名：飛び降りようとしている女子高生を助けたらどうなるのか？ 2)


2022年7月25日　初版第1刷發行

作　　者：岸馬きらく
插　　畫：黒なまこ
角色原案、漫畫：らたん
譯　　者：林孟潔

發 行 人：岩崎剛人
總 編 輯：蔡佩芬
編　　輯：邱瓈萱
美術設計：李思穎
印　　務：李明修（主任）、張加恩（主任）、張凱棋

發 行 所：台灣角川股份有限公司
地　　址：104台北市中山區松江路223號3樓
電　　話：（02）2515-3000
傳　　真：（02）2515-0033
網　　址：www.kadokawa.com.tw
劃撥帳戶：台灣角川股份有限公司
劃撥帳號：19487412
法律顧問：有澤法律事務所
製　　版：巨茂科技印刷有限公司
ISBN：978-626-321-598-6